ヂンダレ研究会編

「在日」と50年代文化運動

幻の詩誌『ヂンダレ』『カリオン』を読む

NO.1

創刊にさいして

—1—

人文書院

はじめに

本書は、二〇〇九年五月二四日に開催されたシンポジウム「いま『ヂンダレ』『カリオン』をどう読むか」（ヂンダレ研究会主催、於大阪文学学校）の記録に、関係するエッセイと資料を加えて編まれた書物である。

『ヂンダレ』『カリオン』というのは、一九五〇年代の大阪で詩人金時鐘を中心に発行されていた在日朝鮮人の詩誌である。梁石日の自伝的著作『修羅を生きる』などを通じて誌名と逸話のみが広く知られるようになった幻の詩誌であったが、二〇〇八年一一月に不二出版から復刻版が刊行されたことにより、全号を通読することが可能となった。今回のシンポジウムは、この復刻版の刊行をうけて開催されたものである。

『ヂンダレ』『カリオン』は、朝鮮戦争とその後の政治的激動を生きた在日朝鮮人青年たちが時代と格闘しつつ遺したテキストとして、得難い価値を持つ。しかしながら、両誌には五〇年代後半の論争のなかで政治的に圧殺されたという経緯があり、当事者にとっては痛みを感じることなしには想い起こすことのできない詩誌であったため、長らく幻の詩誌にとどまってきた。

私がその『ヂンダレ』の数号と勤務先の大学の図書館で偶然出会ったのは、二〇〇三年秋のことである。それを機に私は当事者でいらっしゃる金時鐘さん・鄭仁さんの知遇を得て、お話をうかがったり資料を提供していただいたりするようになるとともに、当時すでに精力的に金時鐘論を書いておられた細見和之さんらと入手した資料を読む機会を持つようになった。その後細見さんの仲介により金時鐘さんからあらためて『ヂンダレ』『カリオン』全号の貸与を受けることができ、復刻版刊行の準備が本格化したのであるが、復刻版刊行の目処が立った時点で両誌を共同的に読む場を設けようということになって生まれたのが、今回のシンポジウムを主催したヂンダレ研究会である。ヂンダレ研究会は、宇野田・細見のような大学教員のほか、在日三世の詩人で今回のシンポジウムの報告者の一人でもある丁章さんや、本書にエッセイを寄せてくれた大学院生の浅見洋子さん・黒川伊織さんらの参加を得ながら、復刻版の刊行をはさむ時期に隔月で研究会を開催し、『ヂンダレ』『カリオン』の全号を通読した。また、関西でヂンダレ研究会が生まれたのとほぼ同じ時期に、関東では朝鮮文学の研究者で役者でもある崔真碩さんを中心にヂンダレを声に出して読む会が生まれ、両研究会はメーリングリストを共有して連絡をとりあいながら活動してきた。

今回のシンポジウムは、主催したヂンダレ研究会が司会者（細見和之）と報告者二名（宇野田尚哉・丁章）を出すとともに、もう一人の報告者としてヂンダレを声に出して読む会から崔真碩さんをお招きし、さらにはコメンテーターとして当事者でいらっしゃる金時鐘さん・鄭仁さんをもお迎えする、というかたちで開催されたものである。一九五〇年代という在日朝鮮人にとってはとりわけ困難の多かった時代に、詩をもってその時代と対峙した青年詩人たちの言葉をいまどう読むのか、当事者のお二人にも加わっていただきながら議論を交わそう、というのが、その趣旨であった。

言うまでもないことであるが、「いま『ヂンダレ』『カリオン』をどう読むか」というのは、答えの出るような問いではない。シンポジウム当日の報告と討論においても、本書を編集する過程においても、さまざまな読み方が交錯してきたというのが実態である。無理を承知であえて整理するなら、激動の五〇年代を生きた在日朝鮮人サークル詩人たちの当時の声をいまここで聞き届けたいという思いを共有しながら、ある者は金時鐘や梁石日の文学の原点、さらには在日文学そのものの原点を探ろうとし、ある者は『ヂンダレ』『カリオン』の営みを五〇年代サークル詩運動の広がりのなかに開いていこうとした、ということになるだろうか。本書のタイトルを決める過程では、いま整理した二つの方向性のうちのどちらを表に立てるのがよいかをめぐって議論になったが、後者を表に立てたほうがより多くの読者に関心を持っていただけるのではないかと考えて、『「在日」と50年代文化運動』というタイトルにさせていただいた。五〇年代のサークル詩運動の全体像のうちに『ヂンダレ』『カリオン』を位置づけるような章を設けられなかったのは残念であるが、シンポジウムでのディスカッションはある程度それに相当するような内容になっているはずである。本書の読者には、本書を手がかりとしながら復刻版にさかのぼるかたちで、ぜひそれぞれの読み方をしてみていただきたいと思う。

本書は三部構成になっている。第Ⅰ部はシンポジウム「いま『ヂンダレ』『カリオン』をどう読むか」の記録で、この部分が本書の中心をなす。第Ⅱ部には『ヂンダレ』『カリオン』の詩人たちを論じたエッセイを収めた。第Ⅲ部は資料編である。第Ⅰ部・第Ⅱ部で言及されている詩作品は第Ⅲ部に収めてあるので、適宜参照していただきたい。また、第Ⅲ部には、『ヂンダレ』論争に関係する評論のうちの主要なものを収めてある。これまで初出誌でしか読むことのできなかった評論をまとめて収録したので、この論争に関心のある読者には大いに役立つと思う。

宇野田　尚哉

目次

Ⅲ　資料編

凡例

(1) 本書中の［　］内はすべて編者による補記である。

(2) 本書で資料を引用・翻刻するにあたっては、仮名遣いは原文のままとしたが、漢字は通行の字体に改めた。

(3) 第Ⅲ部で翻刻した資料中に誤字・脱字・衍字などがある場合には、それぞれ次のように処理した。

・誤字…正しいと考えられる文字を［　］つきでその文字の右側に傍書した。

・脱字…脱していると考えられる文字を［　］つきで該当する字間の右側に傍書した。

・衍字…その文字の右側に［衍］と傍書した。

・誤りがあるのではないかと疑われるが本来のかたちを特定しにくい場合などには、たんに「ママ」と傍書した。ただし、この傍書は必要最小限の箇所にとどめた。

(4) 資料中には今日では不適切とされる表現も含まれているが、歴史的資料としての性格に鑑み、原文のままとした。

「在日」と50年代文化運動——幻の詩誌『ヂンダレ』『カリオン』を読む

I

シンポジウム

いま『ヂンダレ』『カリオン』をどう読むか

（撮影：中村一成氏）

司会　細見　和之
報告　宇野田尚哉
　　　丁　章
　　　崔　真碩
コメンテーター　鄭　仁
　　　金　時　鐘

二〇〇九年五月二四日
大阪文学学校にて

司会（細見和之）　みなさん、こんにちは。本日、全体の司会をさせていただきます細見です。今日は、金時鐘さんが中心になって一九五〇年代から六〇年代にかけて出されていた『ヂンダレ』『カリオン』というサークル誌と同人誌をめぐってのシンポジウムを行います。金時鐘さんはもとより、当時のメンバーだった詩人の鄭仁さんにも来ていただいていますので、のちほどお二人にもお話ししていただく時間を持ちます。少々長丁場になりますが、どうぞよろしくお願いします。

『ヂンダレ』『カリオン』は長いあいだ幻の詩誌でした。私も金時鐘さんについて勉強したり文章を書いたりしながら、二つの詩誌のことが気になっていたのですが、それを具体的に目にする機会はないままでした。ところが、数年前に宇野田さんが神戸大学の図書館の書庫に何冊かあるのをたまたま見つけられまして、宇野田さんからコピーを送っていただいて一緒に読む機会を持ちました。そうしますと、やはりこれは全部をきちんと読む必要があるのではないか、という話になりました。それであらためて金時鐘さんに連絡をとりまして、二〇号まで刊行されていた『ヂンダレ』、三号まで出されていた『カリオン』、その全号をぜひ読ませていただきたいと申し出ました。そのときには金時鐘さんのところにも全部は揃っていなくて、お知り合いに声をかけていただくことになりました。

そうやって、『ヂンダレ』『カリオン』の全冊を入手して、段階を追ってコピーして、それを読み合う研究会が宇野田さんを中心に始まりました。この研究会が始まったのはちょうど一年くらい前のことなのですが、その過程で、やはりこれは復刻版を作る必要があるだろうという展開になり、東京に本社のある不二出版さんにお願いすることになりました。復刻版が刊行されたのは、去年［二〇〇八年］の一一月のことです。

この復刻版では、第一巻と第二巻に『ヂンダレ』二〇号までの全冊が収録され、第三巻には三号までの『カリオン』と『原点』『黄海』という梁石日さんの個人誌が収められています。梁石日さんはこの間たくさんの小説を書かれていますが、『ヂンダレ』の後半にメンバーに入られて、そのころは詩を書かれていたのですね。梁さんは引き続き『カリオン』にも参加されますが、それが終わったあと、個人誌として『原点』『黄海』を出されました。それぞれ創刊号だけで終わっているのですが、小説家梁石日さんのそれこそ「原点」を知るうえでもとても貴重なものです。そして、この復刻版が出てからは、私たちの研究会でも復刻版を通して『ヂンダレ』『カリオン』を読む、というかたちになりました。

ところで、こういう復刻版を出す場合、少々気になることがあります。つまり、復刻版が出るとどこかで安心してしまうところがあるのではないか、ということです。こういう貴重な詩誌を研究する立場からすると、その復刻版を出すというのはとても重要な仕事です。しかし逆に言うと、復刻版を出すと安心してしまうのか、くたびれてしまうのか、誰かがそれを使って研究してくれるだろうと思って、それ以降実際には読まなくなってしまうということがある。たとえば、谷川雁さんや森崎和江さんが関わっておられた『サークル村』の復刻版が『ヂンダレ』『カリオン』に先立って不二出版から出ていますけれども、それをもとにした研究というのは必ずしも進んでいないのではないか。

私たちも、この復刻版が出たところでなにかふっと安心してしまいかねない。自分たちは役目を果たしたから、誰かこれを使ってどうか研究してください、みたいな感じで。そういう感覚がどこかであったりする。それこそ、『ヂンダレ』『カリオン』の復刻版ができたから、今度は何を復刻しようかという方向に意識が突っ走ってしまいかねない。気がついたら復刻することだけにすごい情熱を燃やすということになりかねない。正直言いますと、そういう危惧を自分自身に対して抱くところが私にはあります。

そこで、復刻版が出たからこそそれを読み合うシンポジウムが必要だろうと、宇野田さんや研究会のメンバーと話し合いました。

今日は「ヂンダレ研究会」を中心になって続けてきた宇野田さん、そこで一緒に『ヂンダレ』『カリオン』を読んできた丁章さん――丁さんは自ら在日の詩人として活動をされてもいます――、さらに、東京で「『ヂンダレ』を声に出して読む会」を中心になって継続されてきた崔真碩さんに、まずお話しいただきます。崔さんの「声に出して読む会」って、本当に『ヂンダレ』をみんなで声に出して読んできた、というんですね。

ところで、今日報告していただく宇野田さん、丁章さん、崔真碩さん、私自身もぎりぎりそうですが、みんな『ヂンダレ』はもちろん『カリオン』が創刊されたときにもまだ生まれていなかった世代です。そういう意味では、一九五〇年代から六〇年代にかけて、大阪の在日朝鮮人がいちばん困難な状況に置かれたなかで刊行されていったこの『ヂンダレ』『カリオン』をいま若い世代がどういうふうに受けとめているか、そのことを一緒に考える場にもなるだろうと思います。

それにくわえて、最初に言いましたように、近くにお住まいの金時鐘さんと鄭仁さんにも当事者としてお越しいただいています。宇野田さん、丁さん、崔さんにそれぞれ報告していただきまして、そのあと鄭仁さん、金時鐘さんの順番でコメントをいただくことにします。そしてそれを受けて、ディスカッションに移りたいと思います。報告者の崔真碩さん以外にも、「声に出して読む会」やその周辺の方が東京から来られていますし、私たちとはちがって『ヂンダレ』『カリオン』をリアルタイムでよくご存知の方もきっと会場にはいらっしゃるだろうと思います。そういう方々も含めて、今日参加してくださっているみなさんと一緒に、討論の場を持てればと思います。

■報告1

東アジア現代史のなかの『ヂンダレ』『カリオン』

宇野田　尚哉

司会（細見）　それでは早速、宇野田さんの報告から受けていきたいと思います。宇野田さんは神戸大学で教えていらっしゃるのですが、もともとの専門は日本近世の思想史です。ですから、在日の問題とか、戦後の問題とかは、本来宇野田さんの守備範囲からかなり外れているはずですけれども、この『ヂンダレ』に出会って以来、宇野田さんはもうそこにひたすらのめり込んでおられます。それでは宇野田さん、よろしくお願いします。

ただいまご紹介にあずかりました宇野田です。よろしくお願いいたします。

さて、今日のシンポジウムのテーマは、「いま『ヂンダレ』『カリオン』をどう読むか」なわけですが、復刻版が刊行されたとはいえ、どこの図書館にでもあるような資料ではありませんから、噂には聞いていたけれども実際に手に取るのは今日が初めて、という方がほとんどなのではないかと思います。そうだとすると、どう読むかというような議論を始める前に、『ヂンダレ』『カリオン』というのはいったいどんな雑誌なのかという説明をしておいたほうがよさそうにも思うのですが、なかなかそういうわけにもいきません。というのも、『ヂンダレ』『カリオン』というのは、詩の愛好者が集まって自分たちの作品発表の場所を作ってみたというような気楽な雑誌ではなく、抜き差しならない状況のもとで激しい軋轢をともないながら創刊され途絶した雑誌だからです。『ヂンダレ』『カリオン』の創刊から途絶に至るまでの経緯をその背景も含めて説明し始めたら、それだけでたいへんなことになってしまい、とても作品を読むどころではなくなってしまいます。ですので、今日は、そのあたりの説明はなるべく復刻版別冊所収の私の解説に譲って必要最小限にとどめ、できるだけ作品に即してお話ししていくことにしたいと思います。

『ヂンダレ』の創刊

さて、『ヂンダレ』は、一九五三年の二月に、大阪朝鮮詩人集団の機関誌として創刊されました。この一九五三年という年は、在日朝鮮人サークル誌の創刊ラッシュの年なのですけれども、『ヂンダレ』はその先陣を切って創刊されたということになります。ではなんでこの年がそのような創刊ラッシュの年になったのかといいますと、この年急に在日朝鮮人が文学に目覚めたからというわけではもちろんなく、ほかの理由、運動史上の理由があります。少し回り道になってしまいますが、そのあたりの事情についてはある程度説明しておいたほうがよいと思いますので、しばしおつきあいください。

解放後の在日朝鮮人運動においては、左派が圧倒的に優勢でした。そして、朝鮮人共産主義者はコミンテルン時代の一国一党主義の原則を踏襲し日本共産党に入党してその指導を受けており、日本共産党内には朝鮮人党員を指導する民族対策部（略称民対）という朝鮮人党員からなるセクションが置かれていました。一方、左派在日朝鮮人の大衆団体としては、解放後まもなく在日本朝鮮人連盟（略称朝連）が結成され、朝連が強制解散させられたのちには在日朝鮮統一民主戦線（略称民戦）として再建されることになりますが、朝連も民戦も共産党員のフラクション活動により民対の方針に強く規定されるというような関係であったと言ってよいと思います。

占領下の日本の在日朝鮮人に対する政策は、朝鮮半島情勢と連動していて、その緊迫の度合いが深まるにつれて抑圧の度合いも増していきました。具体的にいうと、済州島四・三事件が起こったのと同じ一九四八年四月には民族学校が強制的に閉鎖させられ、翌一九四九年には朝連が団体等規正令により強制解散・財産没収という大弾圧を受けます。そういうなかで一九五〇年六月二五日の朝鮮戦争勃発を迎えるわけですが、左派の在日朝鮮人は戦争が勃発するとすぐ民対指導下に非公然の祖国防衛委員会を組織して反米実力闘争を行っていくことになります。当時同じように非公然化して実力闘争路線をとっていった日本共産党の闘いの重要な部分を担ったのは、在日朝鮮人の祖国防衛隊だったわけです。そのような実力闘争がピークを迎えるのは、一九五二年四月二八日にサンフランシスコ講和条約が発効したのちのメーデー事件、吹田・枚方事件、大須事件などですが、七月二一日の破壊活動防止法の公布・施行を機に大規模実力闘争中心の闘争方針が見直され、文化闘争が強化されていくことになります。その経緯を明らかにすることはなお今後の課題なのですが、おそらく、一九五二年の秋頃に民対中央で文化闘争強化の方針が決定され、それが民戦に持ち込まれるとともに都道府県レベルに下ろされて、一九五三年二月の『ヂンダレ』創刊に始まる在日朝鮮人サークル誌の創刊ラッシュにつながっていったのだと思います。

おそらく民対中央から下された指令は、〈文化サークルを作ってノンポリ青年をオルグせよ〉〈サークル雑誌を発行して朝鮮戦争における共和国の正当性と優越性を宣伝せよ〉というような内容だったのだろうと思いますが、『ヂンダレ』がそのような民対中央からのトップダウンの指令によって創刊されたサークル詩誌であったということは、事実の問題として押えておく必要があります。『ヂンダレ』創刊メンバー七人のうち、指令を受けた金時鐘さんをはじめ五人が党員で、まがりなりにも詩作の経験を持っていたのは金時鐘さんを含めて二、三人、という状態だったようですから、「大阪朝鮮詩人集団」という名前を与えられてはみたもののどこに詩人がいるのかわからない、という感じの船出であったわけです。

以上のことを踏まえたうえであらためて言いますと、ここでの問題は、詩など書いたこともなかった在日朝鮮人の青年たちが『ヂンダレ』に参加して詩という表現の手段を獲得したことによりいったい何が表現されたのか、またその表現はいったいどのような波紋を周囲に広げていったのか、そして私たちはいまそこからなにを読み取ることができるのか、といったことであるでしょう。以下では、『ヂンダレ』所載の作品に即しながら、具体的に考えていきたいと思います。

『ヂンダレ』初期の闘争詩

まずは創刊号所載の朴実「西の地平線」［本書資料編所収］という作品を見てみましょう。これはおそらく朴実さんがはじめてお書きになった詩の一つだと思います。

朝鮮戦争下の一九五三年二月八日、大阪の朝鮮人青年たちは、建軍節を記念して、生駒山へハイキングに行きました。「西の地平線」の直前の頁のコラムには、「生駒えハイキングに五百人の青年が行つただけで、一千名の㋘（＝警官、引用者注）が包囲する世の中だ」とありますから、（五百人・千人というのはかなり誇張された人数でしょうけれども）、この「ハイキング」が実質的には警官隊に取り囲まれての示威行動であったことがわかります。「西の地平線」は、この「ハイキング」からの帰途、電車の車窓から眼下に広がる大阪平野の向こうに「西の地平線」を見はるかす、というプロットの作品です。時間がありませんので、一部分だけ読んでみることにします。

天と地が一色に溶けあったような／西の地平線／そこは何処になるんだろう／雪にうもれ、血にそまつた／三千里の山河なのかも知れない／土足に踏みにじられている／ジンダレの花咲く故郷なのかも知れない／戦車と鉄条網に、がんじがらめに縛られた／島々なのかも知れない／いや、きつとそうに違いない／そんな世界の一隅え／夕陽は落ちていく

もう一ヵ所。

いつしか、地平線は／夜のしじまの中え／没してしまつた／もう、祖国の山河も／ジンダレの花園も／そして島々も／見えなくなつた／／だがお前たちは／闇の中でも／うごめくことをやめようとしない／歌うことをやめようとしない／たとえ　暗黒と火焔が／この地上をなめつくそうとも／やがて東の空に／金色の雲に　おし抱かれて輝く／美しい太陽の歌を／お前たちは声もなく歌う／そうだ、西の地平線よ／おれたちもその歌を／心をこめて歌おう／／夜のしじまをけ破つて／おれたちを　乗せた電車は／わき目もふらずにつゝ走つた

夕陽の沈む「西の地平線」の彼方に戦火に焼かれる祖国を見はるかし、夕陽の沈んだ闇のなかで彼方から聞こえてくる声なき歌声に耳を澄まして自分たちもそれに唱和しようとする、そんな「おれたち」を乗せた電車が「夜のしじまをけ破つて」「わき目もふらず」疾走していく、そういう詩です。詩作品として見た場合稚拙さが目立つのは明らかですし、闘争詩として見た場合も政治的主張が露骨すぎる部分があるようにも思われます。しかしながら、そういう欠点があるとしてもなお、この詩は、日本にいながらにして祖国を戦火に焼かれるという経験を生きざるをえなかった在日朝鮮人青年の、詩というかたちをとった一つの証言として、私に迫ってきます。「西の地平線」の彼方に戦火に焼かれる朝鮮半島を見はるかすような方位の感覚、彼方の痛みをわがこととして感じとってそこに連なろうとするような痛覚のあり方、その痛みに衝き動かされて闇夜での疾走にも似た日本での運動に身を投じようとする構え……。朴実「西の地平線」を構成するこのような契機は、『ヂンダレ』初期の闘争詩に共通する特質でもありますが、このような特質は、反米民族主義によってたって視野を日本に限定する傾向の強かった当時の日本人サークル詩誌の闘争詩とは著しい対比をなしています。

ここで決定的に重要なことは、これが散文ではなく詩として書かれたということです。もし「西の地平線」の含意するところが、政治的散文として書かれていたら、いまそこから読み取ることのできる独特な方位感覚や痛覚のあり方や主体の身構えは、政治的言語の定型性のうちに解消されてしまっていただろうと思います。詩というかたちで書かれたからこそ、日本で朝鮮戦争がいかに生きられたかを、個別具体的な経験として、感覚や感情の機微にも触れつつ、読み取ることができるわけでありまして、のちにもあらためて触れますが、このように生きられた五〇年代の経験を読み取りうるという点が、『ヂンダレ』『カリオン』の最も重要な点であろうと私は思っています。

表現の連鎖反応

詩など書いたこともなかった在日朝鮮人の青年たちが『ヂンダレ』に参加して詩という表現の手段を獲得し、稚拙ななりにも自らの生を歌いはじめたインパクトは、非常に大きかったようです。そのあたりのことをうかがうために、入院治療中の結核患者である梁元植という人から金時鐘さんに宛てられた手紙［第四号所載］の一節を見てみましょう。

> 詩は好きでも、書いたこのとのない私が、동무（＝同志、引用者注）達の苦しい条件から生れ出た진달래（＝ヂンダレ、引用者注）を読み、どうして〳〵感激しないで居れるものですか。もう詩の［を］知らない私の手は詩のようなものを書こうとむず〳〵しています。そして私の叫びたいこと、歌いたいことを手の動く限り詩のようなものに作れたらと思うんです。そして歌つてみました。本当に동무達の진달래は偉大な力をもつています。詩を書く事の出来ない私に詩のようなものを書かしめたその力にたゞ恐れ入るばかりです。有難う。

ここからは、ガリ刷りの粗末な『ヂンダレ』が在日朝鮮人青年の手から手へと伝えられていったときいったいどのような反応が引き起こされていったのかを、如実にうかがうことができるでしょう。そして、この手紙には、「こ奴　お前　やつぱり　俺の弟だ」［本書資料編所収］という作品が添えられていました。運動に身を投じて結核に倒れた兄の病床に、かってはことあるごとに政治的に対立していた弟が反米運動の闘士となって現れる、という内容のこの作品は、作者の実体験を踏まえたものであろうと思われますが、『ヂンダレ』はこのような表現の連鎖反応を広く引き起こしていったわけです。

このような反応を引き起こしていった当時の『ヂンダレ』には、大別すると、日本で朝鮮戦争を生きる経験を歌った闘争詩と、日本で朝鮮人として生きる生活を歌った生活詩とが掲載されていたといえますが、前者についてはすでに触れましたので、ここで後者についても少し触れておきますと、たとえば金希球「大阪の街角」〔本書資料編所収〕のような作品があります。これは、屑拾いで生計を立てている朝鮮人の老婆が紙屑のなかから古い朝鮮地図をみつけそっと折りたたんで弁当袋にしのばせ立ち去っていくという姿を、夕暮れの「大阪の街角」の光景の一コマとして描いた印象的な作品ですが、これなどは日本で生きざるをえなかった一世の姿を敬愛の念をもって描いた二世の作品の原型ともいうべきものだろうと思います。ちなみに、この金希球という人は、「鶴橋駅よ！」〔第四号〕、「猪飼野」〔第六号〕といった、猪飼野文学の原型といえそうな作品も書いておられます。

そしてもう一編、権敬沢「地下足袋」〔本書資料編所収〕という作品にも触れておきたいと思います。権敬沢さんは、金時鐘さんよりも早くから大阪の詩運動のなかで活動しておられた方で、『ヂンダレ』の主要な書き手の一人ですが、『ヂンダレ』創刊以前には、『えんぴつ』や『文学室』といった雑誌を活動の場としておられました。ご存知の方も多いと思いますが、『えんぴつ』や『文学室』というのは、若い頃の開高健とその仲間たちが活動の場としていた雑誌でありまして、権敬沢さんもその仲間の一人であったということになります。

ただ、生活の面でいうと、開高健やその仲間たちの将来には、文学の実作や研究、あるいは広告業界といった、言葉を専門とするホワイト・カラーとして生きる道が開かれていたのに対して、朝鮮人である権敬沢さんにはそのような道はほぼ閉ざされていたという大きな違いがあったように思います。実際、権敬沢さんは、工事現場で肉体労働をしたり自分で建てた家のそばでささやかな養鶏をやったりしながら詩作をしておられたようですが、そのようななかから生まれてきたのがこの「地下足袋」という作品です。「知っているか。／大阪駅前、／ここは、昔、海だつた。」と始まるこの作品の最後の連で、権敬沢さんは、「知っているか。／新築ビルディングの底に／古代の貝殻の中に／俺の破れた地下足袋が埋めてある。」と、昂然と言い放ちますが、このような、肉体労働をしている、あるいはせざるをえない自らの生を、大阪の街の深部に埋め込み、そこからものごとを捉え直していこう、巻き返していこうとするような姿勢は、『えんぴつ』や『文学室』のほかの書き手には見られないものであったと思います。

詩誌としての展開と大衆的基盤

『ヂンダレ』は、詩誌として見ると、朝鮮戦争の休戦が実現したのち、しばらく停滞することになります。その頃までには一通り皆が反戦平和の叫びを叫び終わっていたこと、休戦の実現により次は何を叫べばよいのかわからなくなってしまったこと、だからといって党からテーマを与えられるままに闘争詩を作ろうとしても平板なスローガン詩しかできなかったことなどがその原因だと思いますが、そのような停滞を克服する契機となったのが、第七号から作品を寄せのちに編集を担当されることになる鄭仁さんの参加です。当時鄭仁さんは阪大生の友人らと水曜会という社会科学の読書会をやっておられ、その中心メンバーであったため、オルグの対象となったのですが、『ヂンダレ』に少し関わればその政治的背景はすぐにわかったはずであるにも関わらず編集をお引き受けになるほど深入りなさったのは、金時鐘さんとの個人的信頼関係があってのことだったのだろうと思います。

鄭仁さんの作品としては、「自動車耐久レース」［本書資料編所収］と「街」［本書資料編所収］の二編を紹介しておこうと思いますが、これをご覧いただきましたら、鄭仁さんの詩の世界が、映画館で見るル・マン耐久レースの映像だとか、喫茶店で飲むコーヒーだとか、左翼の闘争詩とはおよそ異質なモチーフによって成り立っており、むしろ当時の日本語の現代詩の世界と重なり合う関係にあったことが容易に了解されると思います。このような鄭仁さんの参加により、『ヂンダレ』は、素朴な社会主義リアリズムの雑誌、悪く言えば党の文化工作の末端の雑誌から、より自立性の高い本格的な詩誌へと脱皮していき、一九五五年秋以降の詩誌としての充実期を迎えていくことになります。

ただし、詩誌としてはやや停滞していたように見える時期にも、合評会や研究会がほとんど毎週のように開かれており、しかもコンスタントに二、三〇人が集まるという盛況ぶりだったようです。第一二号［一九五五年七月］の「書信往来」という欄に載っている坂井たかをという人からの来信は、第一一号の合評会記なのですが、そこには、午後八時過ぎに二一、三人が集まって合評会が始まり、ひとしきり議論しているうちに「いつの間にか八畳の室が狭くなってい」て、「目で追って見ると二〇人もの人々が参加してい」たとあります。少しだけ引用しておきましょう。

作品の一つ一つに皆んなが真剣に取りくんでいる。いつの間にか八畳の室が狭くなつている。目で追つて見ると二十人もの人々が参加しているのだ。ジーッと熱いものがこみ上げて来る。

『ヂンダレ』の会員は、中学高校を卒業して昼間は猪飼野あたりの町工場で働いている青年たちが多かったようですから、仕事が終わったあと疲れた体で詩を論じあうために集まってくる会員が二、三〇人もいたというのは驚くべきことです。こういう合評会や研究会は、鄭仁さんの自宅で行われていて、ときには人が集まりすぎて階段が落ちたりすることもあったということですが、『ヂンダレ』がこのような大衆的基盤を持っていたという点は、後述する『ヂンダレ』論争が始まるとそのような基盤がたちまちのうちに雲散霧消してしまったという点とあわせて、記憶しておくべきだろうと思います。

『ヂンダレ』論争

一九五五年秋以降、『ヂンダレ』は、第一三号で権敬沢特集、第一四号で李静子特集、第一五号で金時鐘特集を組み、さかんに会員間の相互批評を行うなどしながら、詩誌としての充実度を高めていくのですが、一方で、この時期には、朝鮮戦争休戦後の東アジアにおける国際共産主義運動再編の影響が『ヂンダレ』にも及んでくることになります。

一九五三年にスターリンが死に朝鮮戦争休戦が実現して、東アジアが戦時から平時へと移行していくなかで、東アジアの国際共産主義運動も再編されることになります。すなわち、一九五四年から五五年にかけて、コミンテルン時代から踏襲されてきた一国一党主義が改められて、外国人の共産主義者は居住国の党ではなく祖国の党の指導を受けるべきであるとされるとともに、居住国の内政に干渉してはならないとされることになるのです。そして、そのような再編の一環として、左派在日朝鮮人運動においては、民戦から総連（在日本朝鮮人総連合会）への路線転換が起こり、日本共産党の指導を受けていた朝鮮人共産主義者は総連を介して朝鮮労働党の指導を受けるようになります。

このようにして一九五五年に左派在日朝鮮人運動は総連を介して共和国に直結するというかたちに再編され、それにともなって詩運動においては〈朝鮮人は朝鮮語で祖国を歌うべきである〉とされることになります。そして、民戦から総連への突然の路線転換に対する不満がくすぶるなか、民戦時代の最も活動的なサークルであり日本語により創作していた『ヂンダレ』は恰好の攻撃対象とされ、民族的主体性を喪失している、民族虚無主義に陥っている、といった批判を蒙ることになったのです。金時鐘さんなどごく一部の会員を別とすれば、『ヂンダレ』の会員のほとんどは、鄭仁さんや梁石日さんのような、一九三〇年代に日本で生まれ戦時下に日本語で初等教育を受けた二世の第一世代、言い換えれば、朝鮮語を身につける機会を奪われた世代でしたから、このような批判は、自らの文学的、さらには実存的あり方に関わる、深刻な批判であったはずです。

『ヂンダレ』論争とはこのような文脈で起こってくる論争なのですが、第一三号・第一四号での鄭仁‐宋益俊間の論争、第一五号・第一六号での金時鐘‐洪允杓間の「流民の記憶」をめぐる論争、第一七号以降掲載の詩とエッセイでの金時鐘さんらによる激越な「意識の定型化」批判、というかたちでこの論争は激化していき、ついには共和国本国からも批判が加えられるに至って、『ヂンダレ』は第二〇号で途絶してしまうことになります。

この間に一般の会員は『ヂンダレ』から急速に離れていき、詩作に対する高い意識をもった比較的少数の会員のみが踏みとどまるかたちとなって、『ヂンダレ』は大衆的基盤をもったサークル詩誌から先鋭な問題意識を掲げる少数精鋭の同人詩誌へとその性格を変えていきます。そして、最後まで『ヂンダレ』に踏みとどまった金時鐘・鄭仁・梁石日の三人により『カリオン』が創刊されるわけですが、『カリオン』も三号で途絶してしまうことになります。

このような『ヂンダレ』が詩誌として最も充実していた時期の個々の作品や論争の詳細にここで立ち入ることはできませんが、この論争の歴史的意義についてのみ概括的に言及しておきますと、詩作をめぐる省察を通して「在日」「二世」という問題がはじめて明確に定式化されたということ、そういう意味でここに在日文学の原点があるということが、最も重要な点であろうと思います。金時鐘さんの「第二世文学論」〔本書資料編所収〕は、『ヂンダレ』論争の焦点の一つとなった論説ですが、「はっきり云って亡命者の論理についていけないのだ」、「自己の寄つて立つているこの基ばんから、この手でまさぐりうるものだけが頼りだ」と説き起こされるこの論説は、「新芽のような二世文学よ起れ！」というメッセージで結ばれることになります。在日文学の原点としての『ヂンダレ』についてはあとで丁章さんが詳しくお話しになると思いますのでここではこれくらいにとどめておきますが、六〇年代の空白をはさんで七〇年代以後展開されていくことになる議論の原点がここにあるということだけは強調しておきたいと思います。

生きられた五〇年代の詩的証言

それではそろそろまとめに入ることにいたします。

日本では、「戦後」という歴史把握の仕方が今でも普通に行われていて、一九四五年の八月一五日が現在につながる歴史の起点であるとされています。しかしながら、一九四五年八月一五日以後戦争を経験しなかったのは、東アジアのなかでは日本だけです。中国では国共内戦、朝鮮半島では朝鮮戦争、そしてベトナムではインドシナ紛争・ベトナム戦争があったわけですから、日本以外の東アジアの国々にとっては、一九四五年八月一五日というのは、日本の支配からの解放の日ではあっても、「戦後」の始まりではなかったわけです。一九四五年八月一五日を起点とする「戦後」という歴史把握の仕方が日本の内部でしか通用しないきわめて一国的な歴史把握の仕方であることにはよくよく注意する必要があると思います。

そのことを踏まえたうえであらためて考えなおしてみますと、現在の我々をも強く規定しているような東アジア現代史上の最大の要因は朝鮮戦争であったことがわかると思います。三八度線と台湾海峡という分断線を決定的に固定化したのも、その両側に強権的な政権が長く続く土壌となったのも、いまだに休戦状態のままの朝鮮戦争です。そういう意味では、東アジア現代史の原点は、一九四五年八月一五日ではなく、朝鮮戦争であると、私は考えています。

また、朝鮮戦争は、在日朝鮮人と日本人の歴史的経験が決定的に分岐する契機ともなったと思います。在日朝鮮人にとっては祖国を戦火に焼かれる経験であった朝鮮戦争を、ほとんどの日本人は「特需」として経験し、この「特需」をテコとして始まった高度成長のなかで、在日朝鮮人との生活格差を拡大させていったのだからです。

『ヂンダレ』『カリオン』は、朝鮮戦争とその後の政治的激動のなかで、政治の落とし子として生まれ、思わぬ成長を遂げたところを、再び政治によってその芽を摘まれてしまった無残な雑誌ではありますが、そのような雑誌であるからこそ、〈生きられた五〇年代の詩的証言〉〈生きられた東アジア現代史の詩的証言〉たりえていると私は思いますし、そのようなものとして読んでいきたいと思っています。概して左翼運動の政治的言語は、非人間的な定型性をもっていて、読む者を辟易させることはあっても感動させることはないわけですが、『ヂンダレ』『カリオン』は、詩という表現手段がとられたことにより、また詩という表現手段についての方法的省察が深められたことにより、そのような定型性を脱して、よく時代の証言たりえていると思います。

以上のことを踏まえてまとめますと、私にとって『ヂンダレ』『カリオン』を読む作業とは、日本で朝鮮人の青年たちは朝鮮戦争とその後の政治的激動をどう生きたのかを個別具体的な経験に即しつつ感覚や感情の機微にも触れながらたどりなおすこと、そのなかで在日朝鮮人の歴史的経験と日本人の歴史的経験をもう一度絡め合わせ、そこから今をも規定している東アジアの現代史を捉え直していくことである、というような結論になろうかと思います。東アジアの現代史云々と言うと、なにを大げさな、というふうにお感じになるかもしれませんが、『ヂンダレ』『カリオン』の詩人たちはいやおうなく東アジア現代史のうねりに巻き込まれるかたちで詩作していたわけですから、それに見合った視野の広さが我々読者の側にも求められるだろうと思うのです。

そんなこととも関わって、最後にもう一編だけ作品を紹介しておこうと思います。『ヂンダレ』『カリオン』を通じて最後の号となった『カリオン』第三号に載っている趙三竜さんの「捨てられた言葉について―K君に―」〔本書資料編所収〕という作品です。「K君」というのは、金時鐘さんのことです。

この作品には、「君は　詩を書けと言い／私も　書こうと思う」とありますが、すでに述べたように、この作品が載った『カリオン』第三号は、『ヂンダレ』『カリオン』を通じて最後の号となってしまいました。そして、『ヂンダレ』『カリオン』は、ごく最近まで、伝説の詩誌として想起されることはあっても、実際に読み直されることはありませんでした。そういう意味では、『ヂンダレ』『カリオン』は、まさに「捨てられた言葉」だったのです。

昨年（二〇〇八年）は『ヂンダレ』が途絶してからちょうど五〇年目にあたっていたのですが、そういう節目の年に復刻版を刊行することができ、さらには今日こうして『ヂンダレ』『カリオン』という「捨てられた言葉」を共同で「拾い集め」る場を持てたことを、復刻版の刊行に関わった人間としてうれしく思いますし、金時鐘さん・鄭仁さんにも喜んでいただけるのではないかと思っています。

司会（細見） ありがとうございました。研究会のとき宇野田さんは、自分はあくまで歴史研究者だからといって詩の具体的な解釈は私の方にふったりされてきたのですが、今日は詩の中身までしっかり深く立ち入って話していただきました。それと、東アジア現代史の出発点は日本の敗戦ではなく朝鮮戦争に置くべきではないかというのも、とても大事な問題提起だと思いました。そういう東アジア現代史の原点において『ヂンダレ』『カリオン』の作品を深く受けとめる方向を出していただいたと思います。正直言いますと、証言、証言というと私はちょっと違和感があるところもあります。つまり、作品は作品それ自体のためにあるのであって、必ずしも歴史の証言のためだけにあるのではないと言いたくなるところもあるのですが、宇野田さんの試みられているのは、作品か証言かという二分法を越えたところでの受けとめだと思います。とりわけ『ヂンダレ』『カリオン』においては、作品が証言であり、証言が作品である。そのことが宇野田さんに強く訴えかけていて、その両方の側面にまたがっての、非常に力のこもった報告だったと思います。

■報告2

〈在日〉の「原初のとき」をたずねて

丁　章

司会（細見） それでは、続いて丁章さんにご報告をいただきます。私自身詩を書いている者ですが、なかなか自分の同世代あるいは若い世代で詩を書いている男性というのに出会わない。そのなかで丁章さんは、在日朝鮮人というはっきりした立場をもって、私より若い世代として詩を書かれていて、すでに三冊の詩集を出版されています。しかも、丁さんのお家は喫茶店を経営されているのですが、その喫茶店は美術館も兼ねていて、丁さんはそこでさまざまな文化活動もされている。その点でも貴重なひとです。先ごろ、エッセイ集『サラムの在りか』［新幹社］も出されました。では丁章さん、よろしくお願いします。

在日文学の誕生

まず、はじめに、私が「ヂンダレ研究会」に参加することになったいきさつについてですが、昨年［二〇〇八年四月二〇日］、金時鐘さんが再訳した『朝鮮詩集』の出版を記念して行われたシンポジウム

「言葉のある場所Ⅱ・再訳『朝鮮詩集』が証すもの」のレセプションの席で、宇野田さんから声を掛けてもらったのがきっかけでした。

その詩誌の存在は誰もが知っていて有名だけれども、しかし誰も読んだことがない、そのような伝説の詩誌『ヂンダレ』。その『ヂンダレ』復刻版の出版に先がけて、研究会を開くのですが、丁章さんにも、在日の詩の実作者として参加してもらいたいのですがいかがですか？ というそのような宇野田さんからのお誘いでした。

私としては、実作者としてということよりも、在日文学を人生の支えにして生きている一人の読者として、とにかく、在日文学における「ヂンダレ伝説」をこの目で確かめてみたいという、そのような勇んだ想いで、研究会に参加させてもらうことにしました。

そして、ちょうど一年前の今日［二〇〇八年五月二四日］開かれた第一回目のヂンダレ研究会から、ずっとこれまで毎回参加してきて、そのあいだ『ヂンダレ』第一号から『カリオン』を経て『原点』『黄海』と、順を追って研究会の皆さんと共に読み進めながら、まさに「在日朝鮮人文学の誕生」に立ち会ったような、そのような貴重な体験をさせてもらうことにもなりました。

『ヂンダレ』『カリオン』というのは、復刻版のパンフレットや、本日のパンフレットにもありますように、まさに「在日文学の原点」なのですが、そのことがこのたびの復刻によって今この現在に証明された、ということかと思います。たとえて言えば、『ヂンダレ』『カリオン』という在日の伝説、または在日の神話の、その地を発掘し、調査してみたら、ほんとうに伝説や神話どおりの遺跡がざくざくと出てきたというそのような感じです。そしてそこには「在日論」や「在日文学論」の原型や原石といえる数々の貴重な遺物があって、その在日の歴史にとっての宝物を目の当たりにしたような、そのような興奮も私は味わうことができました。

そのように、『ヂンダレ』『カリオン』という伝説、神話の地から発掘された「在日論」や「在日文学論」ですが、それらは『ヂンダレ』という詩誌に集った、在日朝鮮人、それも二〇歳前後の若者たちがその文学活動の中で、自らの手でつかみ取り、またつかみそこねたり、さらには手放していったりする、そういった若き詩人たちの切実な営みによって生み出され、遺されていった貴重な遺産にほかならないということを、現在の私たちは心に留めねばならないと、そのような想いを強く抱きもしています。

それで、そのように『ヂンダレ』『カリオン』が「在日文学の原点」だ、という、そのことに間違いはないわけですが、では、そもそも「在日文学」というのはいったいどういうものなのかということを私なりに少しお話ししてゆきたいと思います。

在日文学の原初性とは

「在日文学」の特徴のひとつとしてよくいわれることに、「原初性」ということがあるかと思います。「原初性」というのは「何もないところから新たに何かが立ち上がってゆく」というそのようなことをいうのだと思いますが、そもそも「在日」という存在そのものが、本来、原初的なものであるかと思います。ですから、その「在日」という地平から生まれた文学が原初性を持つというのは当然だといえば当然かもしれません。では、その「在日」という存在の原初性とはいったいどういうものかといいますと、ごく簡単にいえば、在日というのは、ほんとうの祖国というものが無くて、故郷すらも無い、そして日本社会からは疎外されていますから、生活の基盤も無い。とにかく日々生きてゆくうえでの「よりどころ」が何も無い。そういう状況に置かれているところから、自分の人生を打ち立てなければならないという、そのような命題が日々突きつけられてくる。つまり自立の問題とたえず直面せざるを得ないじつに切羽詰まった状態、もっと深刻な言い方をすれば、生きるか死ぬかという状況に置かれているということです。

そしてそのような状態というのは、日々の生活がままならないわけですから、要するに貧しくて喰えないわけです。だけど、だからこそ、自らの存在の糧として、言葉というものを自立のよりどころとして求めるという、精神の目覚め、自己の目覚めを得て、そのように自立の証しとして言葉というものを選んだ者が、つまりは文学や学問を生きる人になるということだと思います。そして『ヂンダレ』はそういう人たちの集団であって、たとえば『ヂンダレ』の「創刊のことば」〔本書資料編所収〕の中にある、「詩とは何か? (中略) しんそこ飢えきつたものの、〝メシ〟の一言に尽きるだろう」というこの言葉などは、まさにそのことを表しているのだと思います。

ただ、いま私が言いました「言葉への目覚め」というその原初性は、文学や学問を志す人間ならば、普通、誰もが持っているはずのもので、ここにお集まりの皆さんもまた、そのように言葉を糧にして生きておられる方々だと思います。

しかし、在日や在日文学の原初性というのが、きわめて特異なものであるのだというそのゆえんは、やはり、人間が自立するための最初で最後のよりどころであるはずの言葉すらも失った状態にある存在だということです。それはつまり、端的にいえば、在日は朝鮮人なのに朝鮮語を失っている状態にある存在だということです。朝鮮人に生まれたならば、普通は具わるはずの朝鮮語ができないということは、「言語が民族の証し」だという、そのような世間一般の自明の常識からすれば、これはまったく致命的な喪失です。そのように在日が朝鮮人として生きてゆくためのよりどころが、ついには言葉まで失われることになって、生きるためのよりどころがすっかりすべて失われてしまった状態。これは人間の精神にとって、とても怖ろしい状態ですが、しかしながら、このすべてを失った状態というのは、別の見方をすれば、まさに原初のときそのときを目前にしたそのような地点に立っている状態だともいえます。

このように在日がすべてを失った状態というのは、むろん、朝鮮民族がすべてを奪われた植民地時代を起源としますが、日本の敗戦によって朝鮮民族は、「解放」という原初のときを迎えました。そしてそのすべてを失った何も無いところから、朝鮮民族のよりどころとしての自民族性や新たな祖国をとり戻そうとするのですが、四・三事件や朝鮮戦争を経て、南北分断という不完全な祖国ができてしまいます。『ヂンダレ』というのは、もともとはこの不完全な祖国のうち、北側をよりどころにしながら、朝鮮民族の統一のために寄与する文学運動として始まるわけですが、その文学の営みのなかで、『ヂンダレ』の詩人たちは、祖国のそれとはまた別の、在日や在日文学の特異な原初性を自ら発見し、自覚してゆくことになります。

「流民の記憶」と「在日独自の民族的主体性」

その様子は、『ヂンダレ』の中での、「流民の記憶」論争を見てゆけばよくわかります。この「流民の記憶」論争というのを、今簡単に説明しますと、『ヂンダレ』第一五号の金時鐘特集で、『ヂンダレ』の有力同人の洪允杓が、金時鐘の初詩集『地平線』への批評として「流民の記憶について」〔本書資料編所収〕という文章を載せますが、その批評は、金時鐘を許南麒につづく在日朝鮮人の新しい詩人であると位置づけながら、それでいて、金時鐘の詩が、流民の記憶から脱しきれないがために社会主義リアリズムに到達していないものだとして批判するそのような文章です。その批判に対して、次の号の『ヂンダレ』第一六号で金時鐘が「私の作品の場と「流民の記憶」」［本書資料編所収］という文章によって、在日朝鮮人の詩は、社会主義リアリズムよりも、まず流民の記憶にもとづく民族的自覚を持つことの方が大事だという反論を行います。そしてこれをきっかけにして、『ヂンダレ』の同人たちのあいだで、自分たちの詩の在り方についての議論が噴出してゆくことになり、そしてその議論は、ついには民族的主体性をめぐる論争にまで発展してゆきました。

「流民の記憶」というのは、要するに、日本の植民地支配によってあてがわれた感性や身体性、つまり在日朝鮮人に身についてしまっている日本らしさのことなのですが、そのような在日の「流民の記憶」、つまり「拭おうにも拭うことができないそのあまりにもの日本らしさ」で水びたしになっている感性を在日は具えているからこそ、在日独自の民族的主体性に辿りつくことができるというその在日論が、この「流民の記憶」論争の中から生まれてきたということは、きわめて重要なことだと思います。

たとえば、鄭仁さんの「朝鮮人が日本語で詩を書いていることについて」［本書資料編所収］という文章ですが、これは、もともと一九五六年九月号の『樹木と果実』という詩誌に掲載されたもので、『ヂンダレ』に掲載されたものではありませんが、この鄭仁さんの文章の中に在日独自の民族的主体性を表す次のような言葉があります。

私たちの完全《は》に民族文化の伝統を喪失したのだ。それでもなお私たちは朝鮮人である。

という、この言葉などは、すべての朝鮮らしさを喪失しながら民族的主体性を手放さない者の、魂の言葉以外のなにものでもありません。

そしてこのようにして『ヂンダレ』が掴みとった在日独自の民族的主体性は、祖国や組織からの自立の可能性をも手にすることになります。

『ヂンダレ』は朝鮮人が主体の詩誌でありながら、日本語表現を手放さなかったがために、在日同胞の政治組織や祖国（つまり「総連」と「共和国」）から、「流民の記憶」をひきずり、「民族的主体性を喪失した」といって批判されたわけですが、むしろ、日本語表現という「流民の記憶」を手放さなかったからこそ、『ヂンダレ』はすべての民族的自明性、すなわち（『ヂンダレ』が「意識の定型化」として批判した）組織や祖国がいうところの「民族的主体性」から解き放たれ、そして在日独自の「民族的主体性」、つまり言葉以前の言葉による「民族的主体性」のその原初的な地平にたどりつけたといえます。

そしてその言葉以前の言葉、原初の言葉の誕生こそが、在日の詩心、または詩魂の誕生にほかならず、その在日としての在日独自の「言葉の目覚め」「精神の目覚め」が詩となって結実したものの最たるものが、まさに金時鐘の初詩集『地平線』に記された「自序」の詩句、「行きつけないところに　地平があるものではない。／おまえの立っている　その地点が地平だ」というこの詩句になるのだと思います。

「在日の共同体」としての『ヂンダレ』

そして、まさに「在日の自立宣言」ともいえる、このあまりにも有名な金時鐘の詩句が、じつは決して金時鐘だけの詩句ではなく、『ヂンダレ』に集う若き詩人たちの営みの中から誕生したものであったということは、在日にとって、とても重要な史実であり、そしてこのことこそが、『ヂンダレ』が在日の「共同体」であったことを証しているように思います。つまり、在日という「共同意識」の原初のときを、文学として体現したものが、まさに『ヂンダレ』であったと、そういえるのだと思います。

そもそも、詩や詩人というのは、共同体の核心を担うものだと、私はそう思います。人間を引きつけて繋いでゆく力、それが文学の大きな力です。だからこそ、政治権力というのは、いつの時代も文学を取り込んで利用しようとします。『ヂンダレ』も当初は政治組織の中から生まれてきたものでしたが、『ヂンダレ』がその政治権力の手を振り切って、『カリオン』となって自立してゆき、そして新たに文学による「朝鮮」を築こうとした。この「朝鮮」こそが、在日のまた別の「朝鮮」であって、このような営みこそが、在日にとっての「民族的主体性」を証すものであったはずです。

しかし、そのようにして文学によって拓かれた在日の原初の地平において、これからまさに築かれてゆこうとした在日朝鮮人文学の共同体が、政治組織の力によって潰されてしまったということはみなさんもご承知のとおりです。たとえば、『カリオン』第三号の最終ページに載っている四冊の本の刊行予告、金時鐘詩集『新潟』、梁石日詩集『夜を賭けて』、鄭仁詩集『石女』、高亭天短編集『原点』、一九六三年に刊行予定だったこれらすべてが、組織からの圧力によって当時の出版を断念させられ、日の目を見ませんでした。

このようにして在日文学による在日共同体の原初のときは、原初のときのまま、地中に埋まりました。そしてその後『ヂンダレ』『カリオン』は伝説の詩誌として語り継がれて、およそ半世紀後の今、こうして現在の世によみがえりました。

「在日を生きる」ということの意味

「在日」もしくは「在日文学」という概念は、今の時代、すでに確立された感があって、ときとして風化すらも感じさせるものでもありますが、『ヂンダレ』『カリオン』によって切り拓かれた在日の原初のときから現在までの、およそ半世紀のあいだの、在日や在日文学の営みが築き上げてきた歴史が、はたしていかなるものであったのか。そして私たち在日は、はたしてほんとうに在日の独自性を生きてきたのだろうかと、このたび『ヂンダレ』『カリオン』復刻版を読み終えて、在日三世である私は、あらためて「在日を生きる」というそのことの意味を考えさせられています。

『ヂンダレ』第一八号掲載の金時鐘さんの文章「盲と蛇の押問答」［本書資料編所収］、これも有名な文章ですが、その中で金時鐘さんが、在日である私が朝鮮語で詩を書いても「〝朝鮮の詩〟らしい詩は一向に書け」ないとそう言ってから、その理由として、「なぜなら〝朝鮮人〟という総体的なものの中へ、一個人である私が自分というもののもつ特性を少しも加味しないまま、いきなり飛びついているからです」とそのように述べているところがあります。ここでいわれている「自分というもののもつ特性」というのが、つまり在日の独自性のことでありますが、金時鐘さんによって半世紀前に書かれたこの認識は、そのまま現在の私たちへの問いかけとして、鋭くせまりくるものがあります。はたして在日は、この半世紀を、南北の祖国や日本、さらには世界という、そのような総体的なものの中へいきなり飛びついてこなかっただろうか？　はたして在日は、在日独自の主体性をほんとうに自覚して生きてきたのだろうか。そのように今の時代を生きる私たちに問いかけてきます。

半世紀経ってようやく追いついた「在日文学論」

『ヂンダレ』『カリオン』には数々の在日文学論の原型が豊富に眠っているということをさきほどお話ししましたが、その在日文学論の原型のひとつを、さいごに紹介したいと思います。

昨年、野崎六助さんの在日朝鮮人文学論『魂と罪責』［インパクト出版会、二〇〇八年］という本が出版されて、在日文学者のあいだで話題になりましたが、その書評を金時鐘さんが『朝日新聞』［二〇〇八年一一月一五日付夕刊］に書いておられます。その書評の中で、金時鐘さんは、「在日朝鮮人文学は、野崎六助によって初めて文学としての内実と範疇が明かされたともいえるのだ。私ならずとも唸らざるをえない本の、出現である」と、そのように高い評価を与えています。とくに野崎さんの、在日朝鮮人文学についての分析で、「在日朝鮮人〈日本語〉文学」というのと「在日朝鮮人〈日本〉文学」という二つの系統に大別していることを、金時鐘さんは評価しています。

野崎六助のその分析は、「在日朝鮮人〈日本語〉文学」というのは「日本語で書かれた外国文学」で、もうひとつの「在日朝鮮人〈日本〉文学」というのは「在日することの受苦的テーマを日本人に向けて発している文学」だというものです。金時鐘さんが評価するこの二つの大別なのですが、じつは驚くことに、金時鐘さんは、半世紀前の『ヂンダレ』で、自らの詩集『地平線』を、すでに、野崎六助が今回分析した大別と、ほとんど同じように二つに大別しています。

先ほどの「流民の記憶」論争で出てきました金時鐘さんの文章「私の作品の場と「流民の記憶」」［本書資料編所収］の中で、金時鐘さんは『地平線』の二部構成について自己解説していますが、第一部の

「夜を希うもののうた」のことを「日本語で作品活動をやっている外国人の、より日本文学的視野のもの」としています。そして第二部の「さえぎられた愛の中で」のことを「その外国人が日本語でやりうる、より朝鮮的なもの」として、筆者が明確な意識のもとで二つに分別していることを筆者である金時鐘さん自身、自ら明らかにしています。

野崎六助と金時鐘のこの在日文学についての二分法ですが、「在日朝鮮人〈日本語〉文学」つまり「日本語で書かれた外国文学」というのが、『地平線』の第二部「さえぎられた愛の中で」の「外国人が日本語でやりうる、より朝鮮的なもの」に対応していて、そして野崎六助の「在日朝鮮人〈日本〉文学」つまり「在日することの受苦的テーマを日本人に向けて発している文学」というのが、『地平線』の「夜を希うもののうた」の「日本語で作品活動をやっている外国人の、より日本文学的視野のもの」というのに、みごとに対応しています。

金時鐘さんは、この『朝日新聞』の書評の中で、野崎六助がこのように二分した、在日文学の大別を、「得心のいく系統づけ」だと評価して、「それなら私の詩はどちらに属するのだろう」と自問しておられますが、なんてことはありません。野崎六助が大別したこの二つの系統は、じつは両方そのまま『地平線』の中にあるのですから、金時鐘の詩がどちらかに属するということではなくて、その二つの系統の源流がまさに金時鐘の詩、そのものだということなのです。そしてこのこともまた、『地平線』や『ヂンダレ』が、在日文学の原点だということの証しのひとつになっているかと思います。

それにしても、野崎六助によって発見された在日文学論が、じつは半世紀も前に、『ヂンダレ』の詩人たちの営みを通して、金時鐘さんによってすでに生み出されていたということは、逆に言ってみれば、現在の在日文学論が、半世紀経ってようやく、『ヂンダレ』『カリオン』という在日文学の「原初のとき」に追いついたのだと、そういえるのかもしれません。

今こそ『ヂンダレ』『カリオン』と出逢うとき

復刻版パンフレットの鵜飼哲さんの推薦文の中に、「この「地平」はいまも生々しく開かれたままだ」という言葉がありますが、『ヂンダレ』『カリオン』が切り拓いた在日の原初の地平に、この半世紀、在日ははたして何を築いてこれたのだろうかと、私もやはり考え込まされています。

むろん、この半世紀、在日は在日独自の共同体と歴史を築き上げてきたからこそ、私たちは、今こうして、「在日」を自明なものとして意識することができます。しかし、その自明性を疑い、新たな地平を切り拓くところからしか、これからの新たな在日の営みもまた生まれてはきません。

もしこれからもひきつづき「在日」や「在日文学」という共同体を、日々新たに築いてゆこうとする、そのような志をもって生きようとするならば、その人たちは『ヂンダレ』『カリオン』という在日の原初のときの神話を紐解き、その神話の中の詩人たちとの出逢いを、ぜひとも果たしてほしいと思います。そしてその出逢いから、これからの在日を生きてゆく力を、自らの手でつかみ取ってほしいと思います。

私もまた、これからも在日を生き、在日の新たな神話を、詩人としてひきつづきつむいでゆきたいと、あらためて心しています。**감사합니다。**

司会（細見） 在日の三世ないしは四世というような若い世代からの受けとめとして、とても熱く語っていただきました。何度も金時鐘さんの「盲と蛇の押問答」という論考、あるいは「流民の記憶」にかかわる文章の問題が出てきました。金時鐘さんの評論、エッセイは最初立風書房から刊行され、いまでは平凡社ライブラリーに収録されている『「在日」のはざまで』にある程度まとめられているのですが、あそこには一九七〇年以前のものは基本的に収められていない。金時鐘さんは立風書房版の『「在日」のはざまで』を刊行されるときに、七〇年以降のものを自分の批評集、エッセイ集として集成するというふうに決断をされたのだろうと思います。ですから安易には申し上げにくいことですが、それ以前の、『ヂンダレ』『カリオン』あるいは『現代詩』とかに書かれている文章も、私たちがまとめて読めるようなかたちになればいいなと、あらためて思いました。

■報告3

『ヂンダレ』を声に出して読む

崔真碩

司会（細見） それでは報告者の最後に、東京で「『ヂンダレ』を声に出して読む会」を続けておられる崔真碩さんにお話しいただきます。今日の報告者のなかでは崔真碩さんが一番お若いことになります。一九七三年の生まれです。いろんな大学で朝鮮語・朝鮮文学を教えられています。大きな仕事としては、李箱《イサン》の作品を集めた『李箱作品集成』という分厚い本を作品社から出されています。李箱というのは、日本の植民地支配下ですごい作品を書いた、朝鮮を代表するモダニストです。最後は東京で病気になって客死することになります。李箱の作品は、多くは朝鮮語で書かれているのですけれども、なかには日本語で書かれた作品もあって、どちらの言語においても翻訳しないと全部は読めない。そういう表現言語それ自体に深い屈折を抱えた表現者です。その作品の編集と翻訳という、とても大きな仕事を崔さんはされています。最近は俳優、役者もやられているということで、今日もその片鱗がきっとうかがえると思います。では崔さん、よろしくお願いします。

こんにちは。アンニョンハセヨ（会場「アンニョンハセヨ」）。崔真碩です。よろしくお願いします。

ご紹介にあずかりましたように、私は東京から、というか、具体的には神奈川県の相模湖という所からやって来ました。相模湖にある私の自宅で、「『ヂンダレ』を声に出して読む会」という会をやっております。今日はその会のことについてお話しさせていただきます。『ヂンダレ』を研究対象としてではなく「声に出して読む」こと――なぜ声に出して読むのかとか、声に出して読むとはどういうことなのかとか、さらには『ヂンダレ』を声に出して読むとどういうことが起こりうるのかとか、そういうことをお話しできればと思っています。

まずは簡単に自己紹介させていただきますと、私は東京で育った朝鮮人なんですが、ずっと文学をやって来ました。文学をやってる者、あるいは文学を愛する者にとっては、この、ここの大阪文学学校というのは、「文学の聖地」と言ってしまうと大げさですが、一度は来てみたい憧れの場所なのではないでしょうか。金時鐘さんのドキュメンタリー『海鳴りのなかを』など、映像を通じては見たことがあるのですが、私自身、一度は行ってみたいなぁと思っていました。時鐘さんや小野十三郎さんが授業をやられた場所であり、細見さんも現在講義をされていて、文学やってる者にとってはとても贅沢な空間で、一度来てみたかったんですけど、実際に足を運んで来てみると、天井の染みとか、壁の古い感じとかがすごくよくて、なんだか妙に心地がいいんですよね。こういう所で、しかも時鐘さんを前にして、こうして『ヂンダレ』をめぐってお話しできることがとてもうれしいです。しかし、いや、だからと言いますか、時鐘さんが目の前にいらっしゃるので、じつはすごく緊張しています。でも緊張は後ですることにします。いま緊張してガチガチになってもしょうがないので、報告を思いきってさせていただきたいと思います。どうぞよろしくお願いします。

『ヂンダレ』を声に出して読む会の活動について

まず、「『ヂンダレ』を声に出して読む会」の活動について簡単にお話しします。この会は昨年、二〇〇八年四月から始まりました。だいたい月一度のペースで集まって、『ヂンダレ』を声に出して読んでいます。メンバーは全員で七人です。会の進め方としては、とにかく『ヂンダレ』をみんなで声に出して読む。詩や随筆はもちろんですが、広告、通知、合評会のお知らせとか、あと『ヂンダレ』には「主張」や「アンテナ」という欄があるのですが、そういうものも逐一全部声に出して読む、さぼらないで読む。そして、『ヂンダレ』に掲載されているひとつひとつを声に出して読みながら、その都度、立ちどまってみんなで合評する。この詩はどうか、面白いか面白くないかとか、どの言葉にひっかかるかとか、いちいち長々と雑談をします。

『ヂンダレ』を全部声に出して読みながら、気になる詩や言葉があると止めて雑談するので、一度の会で四、五時間ぐらいやるんですが、だいたい一号の半分しかできないんですよね。でも、非常にこう、なんと言うんですかね、充実感というか、お腹いっぱいになるような感じがあって、毎回毎回会を楽しんでやっています。また、少人数だからしみじみとやれていいんです。このペースでやっていくと、『ヂンダレ』をすべて声に出して読むまでには、おそらく三、四年はかかるだろうと思っているんですが、末永く長い目をもって会を進めていこうと思っています。興味ある方は、東京、関東にいらしたときに、ぜひ遊びに来てください。月一でこれからもやっていきますので、よろしくお願いします。

テント芝居「野戦之月海筆子」との繋がり

この私たちの会は、テント芝居「野戦之月海筆子《ヤセンノツキハイビィーツ》」と密接な関係があります。私も含め、七人いるメンバーのうちの三人が「野戦之月海筆子」の役者です。「野戦之月海筆子」は、昨年［二〇〇八年］の一一月から一二月にかけて、『ヤポニア歌仔戯《オペレッタ》　阿Q転生』［作演出・桜井大造、一一月東京、一二月広島］という公演をしました。

じつは、その芝居の準備期間中と公演期間中は忙しくて、会を開けませんでした。だいたい八月から準備に入って一二月までは会を中断せざるをえなかった経緯があります。ですが、「野戦之月海筆子」の昨年度の公演『阿Q転生』と『ヂンダレ』はとても密接に繋がっています。『阿Q転生』については、ここでは具体的に触れられないのですが、最近刊行された『悍【HAN】』［第二号、白順社、二〇〇九年四月］という雑誌が、『阿Q転生』の小特集を組んでいます。台本も一挙掲載されています。興味のある方は、そちらをご覧になってみてください。

『阿Q転生』は朝鮮戦争と済州島四・三事件を題材にした芝居でした。登場人物の中に「ゆぎお」という登場人物が出てきたり、また「ささむ」という登場人物が出てきます。「ゆぎお」は六・二五、「ささむ」は四・三の朝鮮語の呼び方ですよね。六・二五《ユギオ》は朝鮮戦争を意味し、四・三《ササム》は済州島四・三事件を意味します。『阿Q転生』は、朝鮮戦争と済州島四・三事件そのものの名前を持つ登場人物が出てくる芝居でした。

この『阿Q転生』という芝居の中には、『ヂンダレ』の詩が二つそのまま出てきます。『ヂンダレ』の二つの詩とともに、その二つの詩に応答する詩が出てきます。そのうちのひとつは、権東沢さんの「市場の生活者」とそれへの応答詩です。「市場の生活者」は『ヂンダレ』第三号［一九五三年六月］に掲載されている詩なのですが、その詩と『阿Q転生』第二章「夜鍋の葬祭」における「ささむ」のセリフが応答関係にあります。ここで、その二つを読ませていただきます。二つの詩をコピーした資料があるので、そちらをご覧になってください。「市場の生活者」を先に読んで、次に芝居の台本、「ささむ」のセリフを朗読させていただきます。続けて読みます。

市場の生活者　権東沢

道路は魚のうろこでひかつていた／チヨゴリの袖もひかつていた。／ぼくの母は　チリチリ軋る車を押して／今日も中央市場の門をくゞる／魚の倉庫そこら一面魚くさい中を／母は泳ぐように歩いていつた。／／女の子が氷と一緒に　すべつて来た魚を／すばやく掴んで　逃げた／手鉤が青空をとぶ怒号とともに／／暗い芥捨場には腐りたゞれた魚の山、山／そこは蝿の理想郷《ユウトピア》だつた／母はその強烈な匂いの中にしやがむ／遮だん機が　あわたゞしく／汽笛にお辞儀した／警笛――／轟音が近付く／魚くさい白旗が蒸気にかくれた／貨車は続く……／臓物の匂い／魚の匂い／血の匂い／海草の匂い／きしんだ貨車からりんごが転がり落ちた／五つ　六つ／人の手が無数に伸びる／／生きる者の腕絡み合つた儘／炭煤が舞い下りる／ぼくは目をつむつた。

『阿Q転生』第二章　夜鍋の葬祭

〈ささむ〉道路はうろこでひかっていた　チョゴリの袖もひかっていた　ぼくの母は　チリチリ軋る車を押

して　今日も中央市場の門をくぐる　魚の倉庫そこら一面魚くさい中を　母は泳ぐように歩いていった
母は　むかし　泳ぎの上手な海の女だった　あの島のたくましい海女だった　今は　市場で魚を漁る　暗い芥捨場には　腐りただれた魚の山　そこは蝿の理想郷だった　母はその強烈な匂いの中にしゃがむ（警報器の音と点滅）　遮だん機が　あわただしく　汽笛にお辞儀した　警笛　轟音が近付く　魚くさい白旗が　蒸気にかくれた　貨車は続く……臓物の匂い　魚の匂い　血の匂い　海草の匂い　きしんだ貨車からりんごが転がり落ちた　五つ　六つ　人の手が無数に伸びる　生きる者の腕絡み合った儘　炭煤が舞い下りる　ぼくは目をつむった――

ささむはリンゴをむき、その皮をむいては食べる。

〈ささむ〉母親《オンマ》は、魚の行商でようやく買えたりんごを、私らのために剥きながら、私らに話すともなくこう言った。――読み書きのできなかったときは、まいにち壁にむかってにらめっこしてた。心がさみしくてしかたなかった。心が足りなくてどうしようもない。どうしようもない私がリヤカーひいて歩いている。腐りかけの魚を心配する心だけで歩いている。足りない心で歩いている。とにかくヒトになりたい。――母親は、毎晩、広告の裏に字を書く練習をした。それはこのクニの音ではなかった。か・な・た・ら・ま・ぱ・さ・ちゃ――とぎれとぎれの母親の魚くさい声が、狭い部屋の電灯の下により集まって「ヒトになりたい」「ヒトになりたい」という言葉となった。電灯の下で寝ていた私は、その言葉を目を細めて眺めていた。ヒトになるのは大変やね、かあさん。私にはムリかもしれんよ、とぼんやり思いながら、もう私は眠っていたようだった。（立ち上がって裸電球を消す）母が電灯を消すと、私は母には内緒で夢を見た。それは夢以外では会うことのできない父親《アボジ》の夢だった。山のケモノだった父親は恐ろしい漁師たちに捕らえられて、針金で腕を縛られて海に捨てられた。海に捨てられた父親は何日も何日も身体のあちこちをタコや海老やアワビに食べられて、いつしか一匹の魚になっていた。でも父親はヘタな魚だった。いつまでたっても水になじめずに、溺れてしまう魚だった。それで、いつしか浜辺に打ち上げられてしまった。夢の中の私は、走ってその浜辺に行ってみた。まだ行ったことのない故郷の浜辺だった。私はそのヘタな魚を拾って、抱きしめてみた。これが私の父親かしら？　随分変だけど、まあいいや。私はヘタな魚を家に連れ帰った。そして、母に内緒で部屋にある魚の木箱の中にかくまった。ああ、これで時々父親に会える、と思うと嬉しくて、こころが少し安心した。安心するととても眠くなってきた。それで私は夢の中からこっそりと、普段の眠りの中に戻っていった。（目を閉じ、眠る）

以上です。

このように、『ヂンダレ』第三号の詩がそのまま芝居の中に出て、そしてそれに応答するかたちで「ささむ」のセリフがあります。先ほど、この『阿Q転生』という芝居を上演した「野戦之月海筆子」と私たちの会が密接な関係にあると言いましたけど、会のメンバーみんなが芝居を観に来てくれました。そして、会のメンバーには文学者や研究者がいるのですが、劇評を書いてくれました。『図書新聞』や『世界』や『情況』、そして『悍』に書いてくれました。ですから、会は芝居期間中、約半年もの間中断してしまったのですが、単に中断していたわけではないんです。「野戦之月海筆子」のテント芝居と繋がっている「『ヂンダレ』を声に出して読む会」は、「文化工作」というとちょっと硬いですが、この世をこの世以外のこの世にすると言いますか、世界を変えたい、なんとかこの状況を変えたいという意志にもとづいていると言えます。その上で、『ヂンダレ』の言葉は、私たちの活動を支えてくれるというか、元気を与えてくれる。

いま読ませていただいた「市場の生活者」という詩は、一九五〇年代の在日の貧しい生活風景を描いたものなのですが、でも言葉はとても豊かで、匂いが伝わってきますよね、市場の匂いが。この詩には、在日の貧しい生活を見つめる静かなまなざしがあって、魚の匂いとか、魚の鱗のきらきらとか、りんごを掴もうとする人の腕の力強さとか、そういった市場の情景とともに、在日のしたたかな生活力がとても愛しいものに見えてくる。貧しいけれど、決して悲惨ではなくて、もっと言えば、貧困を豊かなものとして捉え返す、再発見するような言葉のきらめきがある。だから、この詩を読むと、非常に元気になる、元気にしてくれる、そういう詩だと思います。

この声はどこに届くのか？

このようにして私たちは、『ヂンダレ』を声に出して読んでいるのですが、それでは次に、声に出して読むということを掘り下げて考えてみたいと思います。声に出して読むとはどういうことなのか。

みんなで、七人で、『ヂンダレ』を声に出して全部読んでいると、その場に立ち上がってくるものがあります。最初は声のトーンもそうだし、声量もそうだし、みんなばらばらに読んでいるのですが、読み進めるうちにだんだん体が温まってくると、みんなの声の波長が合う瞬間瞬間があって、そのときに立ち上がってくるものがあるんですよね。それがなんなのかなぁって非常に気になるんですが、まだうまく言葉にできないんですけど、なにかこう立ち上がってくるものがあるんです。それはとても面白いし、わくわくするし、豊かなものなんですけど、そのことについて考えながら話を進めていきたいと思います。

まず、会を開いている相模湖という場所について、ご存じない方もいらっしゃるでしょうから、簡単にお話しします。相模湖は一九三七年、ちょうど日中戦争が始まった年に造りはじめられたダムです。相模湖は日本で初めて造られた多目的ダムで、主に相模原にある日本軍の基地に電力を供給する目的で造られました。現在は電力とともに飲料水を供給する神奈川県の水がめです。一九三七年から工事に着工して、一〇年かけて造られました。延べ三六〇万人がダム建設に従事しました。日本人、中国人、朝鮮人がいたのですが、その六割が朝鮮人でした。ダム建設の過程で八三名の方が殉職したことが現在までに確認されています。ただし、日本人と中国人の殉職者の数と名前は明らかになっているのですが、朝鮮人の殉職者に関してはその数も名前もほとんど明らかになっていないまま現在に至っています。当時、朝鮮人が日本人や中国人よりも劣悪な環境、危険な場所でダム建設に従事させられていたことを鑑みれば、おそらく何千人単位で亡くなっていると思うのですが、痕跡は何も残っていない状態です。

朝鮮人の死者の数も名前も明らかになっていないということが物語っていますが、当時相模湖ダム工事の現場では、朝鮮人は人間扱いされませんでした。殉職すれば、そのまま捨てるようにして処理されました。だから記録に残らない、記録されないまま今に至っているのです。相模湖は朝鮮人の死者の犠牲の上に成り立っていると言えますし、語弊を恐れずに言えば、相模湖ダムを造ったのは朝鮮人であり、その意味で、相模湖は朝鮮なんですよ。死者たちは、目には見えないけれども消えたわけでは決してなく、弔われないまま今も相模湖にいる、幽霊になって這いまわっている——。私は湖畔に住んでいるのですが、住みはじめたときは正直ちょっと怖い感じがしました。とりわけ、夜中とか、風の強い日とかには。だけど、よくよく考えたら、「ぼくの友達だ！」と思って、そう思ったら気持ちが楽になりました。そういう場所で、『ヂンダレ』を声に出して読んでいるということは、とても大事にすべきことだと思っています。

例えば、水の想像力をもって考えてみたいと思うのですが、相模湖の水は、相模川という大きな川へと流れます。そしてその相模川は相模湾へと流れ着きます。ちょうど江ノ島とか平塚の辺りの海へです。その相模湾は太平洋へと続くのですが、そこから西へ西へ西へと進んで、そして北へ北へと水を渡っていけば、済州島へと辿り着く、という風に想像してみたときにですね、相模湖と済州島は水を通じて繋がっている。そして、私たちのこの声が水を渡ってゆけば、と夢想しています。声の響きは、水を伝っていきます。実際に、現実的に私たちのこの声が水を伝って済州島に辿り着くか、辿り着かないかということではなくて、想いですよね、想いを言葉、声に乗せて、声の響きを水に乗せて、済州島まで繋がっているっていう、そういう想像力をもって、『ヂンダレ』を相模湖で読むこと。態度として、構えとして、そんな風に想像できたら、『ヂンダレ』を声に出して読むという行為は、もっと楽しいんじゃないかなと思っています。この声はそうやって済州島に届くのかなぁと夢想しています。

この声を誰に届けたいか？

それでは次に、この声をもっと具体的に、誰に届けたいか、ということをお話ししたいと思います。まず、『ヂンダレ』を相模湖で読むということにひきつけて言えば、相模湖で朝鮮人が亡くなったのは『ヂンダレ』の一〇年くらい前なんですよね。一〇年くらい前に亡くなった朝鮮人たちは、おそらく、ほとんどの人が日本語ができない状態だったと思います。強制連行で連れて来られた人もいますし、また移住朝鮮人だったとしても、朝鮮語よりは日本語をうまく話せない状態だったはずです。周りからは、「チョーセンジン」って差別されるけれども、自分としては、「私はチョソンサラムだ《ナヌンチョソンサラミヤ》」と思っていたはずです。それが当たり前なんですよね。「チョーセンジン」である前に「チョソンサラム」である死者たちに届けたい、『ヂンダレ』の声を。ひょっとしたら、亡くならずにそのまま在日し続けていたら、『ヂンダレ』を読んでいたかもしれない、あるいは読まないにしても『ヂンダレ』に表現されているような反戦の意志や在日の葛藤を抱くことになったかもしれない「チョソンサラム」に、『ヂンダレ』の声を届けたい。

次に、先ほどの丁章さんの報告でもありましたけど、『ヂンダレ』は「在日朝鮮人」、「在日」という言葉の起源であり、今日的な意味での「在日」という在り方を初めて言葉にしたと言えると思います。そしてそこには、世代で割り切って言えば、在日二世の悩み、日本で生まれて日本語しかしゃべれない、祖国に行ったことがない在日二世の悩みがなまなましく表出しています。

在日であることについて語るとき、時鐘さんは、「私たち在日下にいる若い世代の偽わらざる気持ち」「世代的悩み」と向き合うことの必要性を問うています〔金時鐘「私の作品の場と「流民の記憶」」、本書資料編所収〕。また、鄭仁さんは、「人間の息吹き」としての「自己内部斗争」という表現を使われながら、在日が抱えている葛藤と向き合うことの必要性を切実に問うています〔鄭仁「一年の集約」、第一八号〕。これは一九五〇年代、六〇年代を二〇代の頃に迎えた在日朝鮮人二世の苦悩と括ることができるかもしれないのですが、『ヂンダレ』で表現されている在日であることの苦悩や葛藤というのは、世代を越えて、現在の在日の実存にまで通じるもの、それこそ「自己内部斗争」と言えると思うんです。

在日であることを問う時鐘さんや鄭仁さんの言葉を読むと、『ヂンダレ』はいま現在のことだって思うと同時に、元気をもらいますし、救われる思いがします。私はこれまで、時鐘さんや金石範さんをはじめとする在日朝鮮人作家の文学との出会いを通して救われてきましたが、しかし時鐘さんや鄭仁さんが二〇代の頃にとても青くさい言葉で書かれている言葉に触れると、もっとリアルというか、もっと迫ってくるものがあるんです。青くさいだけ、直截に、繊細に迫ってくる。ですから、そういう意味で非常に元気をもらえるんです。

現在、「サイレントマイノリティ」という言葉があるそうです。要するに、沈黙している、見えないマイノリティのことです。例えば、日本名を使って日本社会の中で隠れながら生きている朝鮮人のことです。私は大学の教壇で朝鮮文学や朝鮮語を教えているのですが、きっといるんですよね。名前だけではわからなくても、そういう空気を私は肌で感じることができます。私自身、日本の学校に通いながら、消えたこと、見えない存在として存在したことがあるので、そういう空気を読むことができる。私は、「サイレントマイノリティ」と呼ばれている在日の若い世代に、『ヂンダレ』の言葉を、この声を届けたい。

しかし一方で、当然のことながら、『ヂンダレ』は在日だけのものではありません。日本語で書かれているということもそうですし、なによりも、今日のこのシンポジウムに参加されている方々の存在がそのことを物語っています。『ヂンダレ』は在日だけのものではないということを前提にして、もしも『ヂンダレ』が、民族や国籍や世代を越えて今の日本社会の下層の生活者、下層の若者に届いたらどうなるか、想像するとわくわくします。

ご存知の方もいらっしゃると思いますが、現在、小林多喜二の『蟹工船』が百万部を超える勢いで売れています。若者を中心にたくさんの人々に読まれています。実際にどういう人が読んでいるのか見えない、見えづらいかもしれませんが、とにかく多くの若者たちに読まれている。おそらく、そのほとんどは、ネットカフェ難民だとかフリーター、派遣社員と呼ばれている下層の若者たち、あるいは自分も下層になるかもしれないと怯えている若者たちなのではないでしょうか。そうした下層の若者たちに『蟹工船』は読まれているのだと思います。

しかしながら、今では「新型インフルエンザ」で吹っ飛んでしまいましたけれど、北朝鮮によって「人工衛星」あるいは「ミサイル」「ロケット」「飛翔体」「テポドン二号」が打ち上げられたときの、あの騒動を思い出してほしいのですが、マスメディアを通じて北朝鮮の脅威が過剰に煽られたとき、百万人の『蟹工船』読者たちはどう思ったかを想像してみてください。そのときに、先ほど宇野田さんがお話しされたみたいに朝鮮戦争が東アジアにおける冷戦の原点にあること、朝鮮戦争および冷戦が終わっていないから、いまだにあのような「ミサイル」騒ぎが起きていると捉える、つまり現在の日朝の敵対的な関係を歴史化して捉えるなんてことは、おそらくなかったと思います。逆に、商業主義に走りながら北朝鮮バッシングのネタを垂れ流すマスメディアに踊らされ、自分たちの貧しい現状を打破するために「戦争起きろ！」っていうように思ったのではないでしょうか？

『蟹工船』を愛読している若者たちが、自分たちがなんでこんなに苦しい生活をしているのかを歴史化して捉えたり、貧困を豊かなものとして捉え返す、つまり貧困を再発見するには『蟹工船』だけでは足りない、というか『蟹工船』だけでは足りていない、その意味で、『蟹工船』はまだまだ下層の若者たちに現在の状況を変えうるだけの元気を与えられていないって思うんです。じゃあ、『蟹工船』の次に来るものは、『ヂンダレ』！（笑）。百万部は無理かもしれませんが、例えば先ほど朗読させていただいた「市場の生活者」はですね、読んだら元気が出ると思うんですよ。下層の人々の日々の生活を豊かにするような言葉の力が権東沢さんの「市場の生活者」にはあって、したたかな生活力を与えてくれると思うんです。だから、『ヂンダレ』を読むと元気になる。元気になりたい人にこの『ヂンダレ』の声を届けたい。

国交の回復！国交の回復！

そして、もうひとり、もうひとりと言いますか、もうひとつの場所、平壌へと、この声を届けたいと思います。

『ヂンダレ』を読むと、現在とは違う東アジアをめぐる空間感覚、空間的想像力があることに気づかされます。それは冷戦下にある戦後東アジアの中で忘れられてしまったものです。例えば、ひとつ例を挙げると、『ヂンダレ』第一六号［一九五六年九月］に「小野十三郎先生訪問記」というルポルタージュがあります。『ヂンダレ』の同人たちが、おそらくこの辺りだと思うのですが、小野十三郎さんの家を訪れてインタビューしたときの記録です。そのときに小野さんが『ヂンダレ』の同人たちに対して、今ちょうど帰国事業が始まろうとしていて、『ヂンダレ』のみんなが北朝鮮に帰ったときに、私も北朝鮮に遊びに行くからそこで一杯やろうっていうような話をされます。その後に、「「国交のかい復、かい復。」小野氏と私たちは思わず明るい笑い声に引き込まれていった」というくだりがあるのですが、この言葉は本当にいい。その笑い声、思わず湧き出た、湧き起こった明るい笑い声が、このルポルタージュを読んでいると、目の前に浮かんでくるようです。

しかしそれと同時に、とても切ない気持ちになるんですよね。『ヂンダレ』第一六号が発表された一九五六年九月には国交の回復をみんなで語り合いながら「思わず明るい笑い声」が起きたんだけれども、みなさんご存じのように、その後五〇年以上日朝は国交を回復していなくて、それどころか今日ではむしろ退行していて、いま『ヂンダレ』第一六号のその明るい笑い声を読むと、とても切ない。感動すると同時にたまらなく切ない。明るい笑い声に包まれた彼らはその後、どうやって、半世紀を耐えて生きることができたのか――。明るい笑い声に包まれていたそのときは、まさかその後五〇年以上も国交が断絶されたままになるなんて誰も思っていない。みんな日朝国交回復を信じているし、それを願っている。五〇年以上国交が回復されないなかで、想像を絶するような絶望があったと思うのですが、その後五〇年以上をどうやって生きてきたのかなぁと、長い歳月に想いを馳せます。

私たちがいま『ヂンダレ』を読むということは、必然として、『ヂンダレ』の同人たちが信じていた日朝国交回復への想いを継承するということになると思うんですよ。私自身、日朝国交回復した方がいいし、朝鮮戦争を終わらせないといけないと思っています。少し話は逸れますが、日朝関係が退行するなか、是が非でも韓国の民主化が必要なのですが、現在、韓国の民主化とは何だったのか?ということが問われている。もう一回根本的に民主化を問い直して、民主化をもう一回再生しないといけない地点に差しかかっています。韓国のさらなる民主化のために、『ヂンダレ』の言葉、あるいは『ヂンダレ』の同人たちが持っていた、「思わず明るい笑い声」を支えている東アジアをめぐる空間感覚、そして朝鮮戦争を終わらせたいという意志をちゃんと継承する必要がある。同時に、それは朝鮮人だけのものではないんですよ。当たり前のことですが、日朝国交回復は朝鮮人だけではできないのですから。

そして、日朝国交回復した暁には、共和国のチョソンサラムへと『ヂンダレ』の声を届けたい。もしもそのときに、「民族虚無主義」って言われたら、怒った方がいいと思うんですよ。でも、おそらくそういう人はいない。人民の中にはいるはずがないと思いたい。在日の過去と現在の生きた歴史として、共和国のチョソンサラムへと、この声を、『ヂンダレ』の声を届けたい。

冷戦はまだ東アジアでは終わっていませんが、『ヂンダレ』を通じて、冷戦の向こう側と冷戦のこちら側を交通することができればと思います。『ヂンダレ』は、今からおよそ五〇年前、在日の実存をかけて紡がれた過去の言葉です。しかし、私たちが今ここで、未来を見据えるときに、南北朝鮮の分断、日朝の断絶を越境する想像力とともに、元気を与えてくれる言葉です。その意味で、『ヂンダレ』とは、「未来の声」と言えるのかもしれません。みなさん、『ヂンダレ』を声に出して読みましょう!

司会（細見） 「『ヂンダレ』を声に出して読む会」の案内は、毎回私のところにもメールで届いています。そこではいつも、相模湖の崔真碩さんの家でやると書いてある。なぜ東京からわざわざ相模湖の崔真碩さんの家に行って読まないといけないのか、正直ちょっと不思議に思っていたところもあるのですが、そういうことだったのかとあらためて納得しました。崔真碩さんの報告を聞いていると、芝居の舞台背景のように相模湖のイメージが浮かび上がってきました。そこで声に出して読まれている『ヂンダレ』、その言葉の響きが本当に生き生きと伝わってくる感じでした。崔真碩さんは『ヂンダレ』から元気をもらっていると言われていましたが、崔さん自身が内側からのエネルギーをものすごく感じさせる人ですね。だから私はいつも崔真碩さんの声、そしてその姿と活動にエネルギーを与えられている感じがするのですが、今日もあらためてそれを感じました。

■コメント1

『ヂンダレ』の頃

鄭　仁

司会（細見）　それでは、鄭仁さん、金時鐘さんからコメントをいただくことにします。最初にコメントをいただく鄭仁さんは、『ヂンダレ』の第七号から作品を発表されていますので、創刊メンバーだったわけではないのですが、その後『ヂンダレ』の編集人にもなられます。さらに、『カリオン』創刊に際しては、金時鐘さん、梁石日さんとともに創刊メンバーに名を連ねられました。鄭仁さんはこのころの作品もふくめて、一九八一年に『感傷周波』〔七月堂〕という詩集を出されています。金時鐘さんはいろんなところで、『ヂンダレ』が本格的な文学表現の場になっていくうえでは鄭仁さんの参加が決定的だったと言われています。鄭仁さん、よろしくお願いします。

まずはこの度の復刻版を世に出すにあたっていろいろとご苦労くださった宇野田さんはじめ細見さんや不二出版の方々に感謝します。金時鐘氏から復刻版のことを聞いたときは、とても信じがたく、奇特な方がいらっしゃるものだと思ったものでした。ですが、実際に復刻版を手にしてみて、あらためて在日朝鮮人文学のみならず戦後史の貴重な記録であり証言であるのではと思い至りました。『ヂンダレ』

『カリオン』に参加していた私も歴史のうえに小さいながらも生きた痕跡を残していたのだとさまざまな想いが去来し、感慨ひとしおでした。しかし一方では観客席に紛れて久しい私にも今日のようにスポットライトが向けられ、面映ゆい思いでいっぱいです。

『ヂンダレ』時代を総括する能力は私にはありませんので、『ヂンダレ』前後の私的な思い出を話してみたいと思います。時代の空気のようなものが伝われば幸いです。

高校卒業後の日々

私は朝鮮戦争さなかの一九五一年に高校を出まして、たくさん履歴書を書いたのですけれども、定職に就くことができませんでした。ですから、ヤバイ仕事を手伝って小遣いをもらったのが、自分の労働の対価として他人から受け取った初めてのお金でした。私の社会生活はそんなふうにして始まったんです。

でもそんな貧乏青年にもツケで飲食させてくれる喫茶店がありましてね、当時のお金で一万円近く常にツケがありました。そしてそこの店主がまたお人好しでね、私に定職がないのをよくわかっているもんですから、そこの小学生の子供たちの家庭教師をやらせてくれたりしました。それから、パチンコ屋のサクラをやったりね、いろいろ妙な仕事をやったもんですよ。

それで、そんなことではあかんということで、手に職をつけようと大阪府の職業訓練所に通って、時計の修理を学んだりもしました。今はもう使い捨ての時代ですから時計の修理なんて職業として成り立ちませんけどね、当時は確実に給料をもらえる技術だったわけです。でもその職業訓練所も性に合わず三ヶ月でやめてしまって、腰の据わらない生活を送っていました。

金時鐘との出会い、『ヂンダレ』との出会い

しかし一方では友人たちと「水曜会」という社会科学の勉強会を立ち上げたりもしていましたから、いくらかの向上心はあったようです。そんな私には当時活動家の友人がいて、組織活動の一環だったのでしょうが、その友人に勧められて金時鐘に会いに行くことになりました。その時の情景は今も鮮明に覚えています。民族学校の教室でバケツに薪をくべ、暖をとり照明代わりにもしながら、若い人々が集まってましてね、金時鐘が主導している会合のようでした。そこへ私が訪ねていって、金時鐘と初対面の挨拶をし、熱い握手を交わして、『ヂンダレ』の合評会に参加する約束をして別れたのですが、痩せぎすでハンチング姿の金時鐘はハンサムで格好良い青年だというのが、私の第一印象でした。今も格好良いですよね、今はちょっと腹出てますけど（笑）。

私は高校のとき文芸部に籍を置いてはいましたけども、一生懸命書いていたわけでもなく、ほんの気まぐれに本を読むぐらいで、文学の素養なんてなんにもなくて、そんな自分が『ヂンダレ』のような雑誌に参加するなんておこがましいというふうな思いもあって、おずおずと合評会に参加したんですが、参加してみたら『ヂンダレ』の会員諸氏もどうやら自分と五十歩百歩らしいということがわかって、妙に安心した記憶があります。ただ皆さん生真面目そうで、ちょっとしんどいなあと思ったものでした。

私はそんなふうにして参加するようになったんですが、七号［一九五四年四月］から作品を発表するようになり、次の八号［同年六月］ではもう私の家が発行所になって、すっかり会にも馴染み、古くか

らの会員と変わるところがなくなりました。同胞とは良いものですよね。当時家には「ヂンダレ発行所」と「水曜会」という二種類の表札を掛けていたように記憶していますが、いろんな人々が出入りしていたものです。『ヂンダレ』は同胞の間ではよく知られていて、密航者なども訪ねて来たりしました。私はご覧の通り障害を持ってますんでね、親父やお袋は友人知人が私を訪ねてくるのを大歓迎しました。とにかくもうみんないらっしゃいいらっしゃいというようなもんでね。当時の家は鍵をかけたことがないんですね。夜中の二時でも三時でも友達が訪ねてくるような、そんな家だったんです。

ちょっと話がそれたかもしれませんが、私はそのようにして編集を担当するようになり、『ヂンダレ』の活動にのめりこむようになります。あとで知ったのですが、『ヂンダレ』は単なる文学サークルではなく、組織の要請で当時共産党員だった金時鐘らが組織したものでした。合評会の前など、活動家らしい人々と金時鐘らが会議の進め方などについて事前に打ち合わせをしているらしいのですね。不快なものでした。

私にとっての『ヂンダレ』

『ヂンダレ』は合評会などを重ねるにつれてやがて詩の方法論など文学の自立を模索するようになっていきます。そしてそのようにしてサークル誌から同人誌へと脱皮しようとしていた『ヂンダレ』は、在日組織から強い批判にさらされるようになります。日本語での作品活動は民族的主体性の喪失だという批判がそれであり、祖国を称揚する詩を書くべきだとされました。

これは在日運動組織の路線転換［一九五五年五月］によるものだったわけですが、私などのような日本生まれの二世にとっては、民族とか祖国という言葉は、ある種の強迫観念みたいなものであり、自明なものではなく、意識の回路を経ねばならないものでした。私に即して言えば、朝鮮人の両親から生を享けた自分が朝鮮人であるのは自明のことでしたが、朝鮮語ができないことには強いコンプレックスを抱いていましたので、民族とか祖国という言葉によってなされる批判はやはりこたえたものです。

当時は政治の季節であり、そのような組織からの批判には大変な力がありました。集まりがぐんと悪くなりましたね。そしてそのような批判は活動家金時鐘が一身に引き受けることになります。結局最後まで残ったのは、金時鐘・梁石日・鄭仁の三人だけ。三人で『カリオン』を創刊するのですが、三号雑誌で終わってしまいます。『ヂンダレ』解散前後から、金・梁・鄭の三人は毎日のように顔を合わせ行動を共にしていました。この三人で過ごした日々っていうのは、俗で雑多な記憶を含めて、生涯の忘れがたい季節なんですね。当時のこの三人の密度っていうのは、なんとも人に伝え難い。私のその後の生き方をどっかで握ってるというか、差配してるんですね。おかげでいくらか社会の動きや政治にも関心が行くようになりました。

当時は「現代詩の会」という全国組織があって、その会合に参加すべく三人で東京へもたびたび出かけ、日本の詩人らとの交流を深めてもいました。しかしながら、『カリオン』終刊後には三人とも筆を折り（もっとも梁石日は個人誌を二度出していますが）、それぞれに口を糊する場へと席を移す事になります。それはそれでもうひとつの物語であり、一九七〇年代以後の金時鐘・梁石日の活躍は皆さんご承知のとおりです。

この度の復刻版を読み返してみて、初期の作品群には時代の切実さがよく表出されているとあらためて感じました。一九五〇年代にはまだ生を受けていないような若い人らが『ヂンダレ』『カリオン』を読む会などを行っている事に深い感銘を受けております。今日は私も青春へ帰ったような気分です。

司会（細見） ありがとうございました。復刻版を準備する過程で金時鐘さん、鄭仁さん、梁石日さんのお三方に鼎談をやっていただいたことがあるのですが〔復刻版別冊所収〕、その時も、終わったあとのお酒の席になると、昔のままのような雰囲気でした。梁石日さんが自分の若いころのことを書かれた『修羅を生きる』〔講談社、一九九五年、のち幻冬舎、一九九九年〕などにも、金さん、鄭さんがよく登場しますが、いまもあそこに描かれているままという感じですね。

■コメント2

「在日を生きる」原点

金時鐘

司会（細見）　続いて、金時鐘さんにお願いします。この間、『ヂンダレ』『カリオン』の復刻にいたるうえでは、金時鐘さんにほんとうにお世話になりました。いろんな意味でご負担をおかけしてしまいました。金時鐘さんの表現は、その八〇年にわたる生涯をつうじて、東アジアの歴史のひとつの結節点になっている、と私は思っています。『ヂンダレ』『カリオン』は、大阪に渡られてからの、その新たな出発と困難な模索の時期ですね。では、よろしくお願いします。

みなさんには直接関わりのない、五十数年も前の小さなサークル雑誌のことで、このような集まりができていることを、率直に言えば困惑を込めて、感謝しています。

『ヂンダレ』『カリオン』の復刻版の話が宇野田先生から突如来ましてね、本当に当惑しました。五十数年も前の小さなサークル雑誌が今ごろ復刻されて何の意味があるんだろうと、私にはまず意味探しができなかったですね。それに、正直にいえば、『ヂンダレ』のことにはもう今は触れられたくない、という思いが強かったんですよ。

それにしても、学究者の粘り強い怖さみたいなものをいちばん実感したのが、このときでした。宇野田さんから話はありましたが、五十数年も前に散逸してしまったものをそんな簡単に掘り起こせるはずがないやとたかをくくってましたら、『ヂンダレ』に関わることだけじゃなくて、私個人に関わること、それも私の記憶に全然ないようなことまで、まあどんな探偵社も及ばんような仕方でほじくり出してきてね（笑）、繋いで論旨を組み立ててくるんですね。詩を書く者も粘り強いのは粘り強いんですが、詩を書く者の粘り強さは夢を食ってるような粘り強さですからね、特定の個人を締め上げるようなことはしないわけですが（笑）、学究者の粘り強さにはほんとに慄然とさせられることがよくあります。

『日本風土記Ⅱ』

それはそれとして、素直に感謝申し上げておかなくてはならないのは、『日本風土記Ⅱ』についてです。『ヂンダレ』批判という問題が、一九五〇年代後半から六四、五年にわたって延々と続いたんですけど、その煽りでね、私の第三詩集になるはずだった『日本風土記Ⅱ』が散逸してしまったんですね。東京の飯塚書店というところから出版されることになり、組版もほとんど出来上がった段階で、総連——こちらに総連の幹部でおられたお方、私の昵懇の友人が座っておるんで、悪くも言えませんが——から日朝親善にもとるという抗議が行きまして、解版させられてしまったんですね。それでやけのやんぱちになりまして、『日本風土記Ⅱ』は原稿までが四散してしまいました。目次のゲラだけが一枚家に残ってまして、収録する予定だった作品のタイトルだけは記録に残ったんですが、でも組版までいってた詩集が散逸しちゃったなんて言っても誰も信じてくれませんよね、そんなこと。

ところが、宇野田さんと、いま博士課程で勉強している若い学究者の浅見洋子さんとが、第三詩集『日本風土記Ⅱ』に収録される予定だった作品のかなりの部分を探し出したんですね。まったく雲をつかむような話なんですが、小さな新聞とか雑誌とかから古い作品を探し出してきてね、きれいな一冊の詩集にして、一昨年くれたんです。政治的圧力によって自分の詩集が散逸してしまったなんていう誰も信じてくれそうにない話が、誹謗のための虚言ではないということを裏づけてくれたという点で、これは非常にありがたいことでした〔『日本風土記Ⅱ』については、『びーぐる』第四号〔澪標、二〇〇九年七月〕所載の「『日本風土記Ⅱ』抄」およびその解題〔宇野田尚哉・浅見洋子執筆〕、本書所収の浅見洋子「よみがえる記憶――金時鐘・幻の第三詩集『日本風土記Ⅱ』を読む」参照〕。

素人の集まりだった初期の『ヂンダレ』

それでいよいよ復刻版の話になるわけですが、こうして復刻版になってみますと、ほんとに肩身の狭い思いがします。この復刻版を出してくれた不二出版は、きちんと残すべき本を復刻することを仕事としている出版社なんですね。『ヂンダレ』『カリオン』の前には、かの谷川雁、森崎和江、上野英信らのやっていた『サークル村』が復刻されています。全国的によく名の通った谷川雁、官能めいて情念的な、それでいて鮮鋭な論を刻んでくる森崎和江、そういった人たちの古典ならね、たぶん赤字にはならないでしょう。全国の図書館が競って買うはずですからね。今日は聞くのも痛くてそしらん顔をしておりますが、『ヂンダレ』『カリオン』は復刻されて百部くらいは売れたんかなと、非常に気に病んでおります。谷川さんらの『サークル村』と『ヂンダレ』『カリオン』が肩を並べてるっていうことに、むしろ私は肩のすぼまる思いをしております。

というのも、ちょっと言いにくいことなんですが、私は当初『ヂンダレ』を自分の作品を発表すべき場所と思ったことはありませんでした。私は日本に来てすぐ作品を書く場に恵まれまして、当時大阪で出ていた『国際新聞』という夕刊紙をはじめ、日本のちょっとした雑誌や機関紙にも書く場を持っておりましたから、『ヂンダレ』はまったくの素人さんたちの集まりであって、私はちょっと先輩ぶったことをやってりゃいいといった程度の認識でした。

ところが、鄭仁君らが来て、私に対する批判が起きました。なぜほかのところにはきちんとした作品を書きながら、『ヂンダレ』にはおざなりな作品しか書かないのかっていうんですね。集まれば僕への批判が噴出して、ああこりゃほんとに考え直さなくちゃならないなというふうに思ったのは、だいたい鄭仁君が編集を担当するようになった一〇号前後のことであったと思います。復刻版の話が来てまず当惑したのは、そのように『ヂンダレ』は私の主要な作品発表の場ではなかったからです。おざなりな作品が復刻されているのが恥ずかしく、もっとちゃんとしたものを書いておけばよかったというふうに思うのですが、それも後の祭りなんですね。学究者の怖さに僕はただ舌を巻いているところです。

『ヂンダレ』創刊の経緯

もう一つ当惑しているのは、『ヂンダレ』批判にまつわってであります。限られた時間では何十分の一しか話せませんが、まずは『ヂンダレ』がはじまった経緯を正直に申し上げておきます。

一九五〇年六月二五日に朝鮮戦争が始まったとき、私は日本共産党に入党したばかりでしたが、この頃に私が受け持ったのは、『朝鮮評論』［一九五一年一二月創刊］を手伝うという仕事でした。当時、私より二年くらい先輩の大学出の人たち、つまり金石範、姜在彦、呉在陽といった先輩たちが、大阪朝鮮人文化協会［一九五一年一〇月結成］という組織を作り、その機関誌として『朝鮮評論』という雑誌を発行していました。かなり水準の高い総合雑誌です。その雑誌を手伝えということで、私も『朝鮮評論』に関わり、そこが私の主な作品発表の場ともなりました。

また、一九五一年には、当時強制閉鎖されていた民族学校を再開するという任務を与えられました。解放後、北海道から九州まで六百余校の民族学校ができたのですが、四八年・四九年に強制閉鎖されてしまいます。私の任務は、現在の生野区の巽地区――今では大きな町ですが、当時は非常に草深いところでした――の西足代というところにあった中西朝鮮小学校を再開することでした。なにしろ閉鎖されてから三年間も放置されていたわけですから、朽ちたお寺のような学校でしたが、大阪で民族学校を再開する第一号の任務を与えられまして、そこで寝泊まりしながら生徒の引き入れ活動を一年間にわたってやり、五二年四月に巽地区全体が機動隊に囲まれるなかで学校を再開しました。学校長には思いだすだけで胸がうずく、韓鶴洙《ハンハクス》という、北共和国から指名帰国させられて強制収容所で事切れた、肉親のような先輩が任に就かれました。清濁合わせ飲む気風の、大変秀れた民族教育家でした。

それから一年経ち第一回卒業生を送り出す段になって、私は栄養失調がたたって肺炎になりのびちゃうんですが、じつはその直前に、朝鮮詩人集団を作れという指令を受けることになります。復刻版別冊の宇野田さんの解説は、どこでそういう情報をつかんでくるのかわかりませんが、実に的確です。朝鮮民主主義人民共和国の正当性をアピールする青年たちのサークルを作れっていうのが民対大阪府委員会からの指令で、私は詩をやっていましたから詩人集団を作れっていうことになりました。そのようにして始めたのが『ヂンダレ』であります。

『ヂンダレ』創刊号は、私が肺炎による危篤状態をようやく脱した数日後に、日本共産党の党籍を持ってる『ヂンダレ』メンバーの友人四人が学校の宿直室の私の枕元に来て、編集しました。ガリは、「西の地平線」を書いた朴実君が私の枕元で三日がかりで切ってくれました。創刊号を出したあとには、私は配置転換になって学校を離れ、民戦大阪府本部に詰めながら、大阪の各地に五〇くらいのサークルを組織し、その連合体として大阪朝鮮文化総会を作る、という仕事をやるようになります。

そのような経緯ですから、『ヂンダレ』を始めてはみたものの、何人か物を書いたことのある人がいるという程度で、あとはずぶの素人さんばかりでした。当時多いときには週に二回くらい集まりをもっておったんですけどね、ほんとに手取り足取りでしたね。原稿用紙の書き方からはじめて、修辞がどうの比喩がどうのといった話を毎回せんならんかった。私自身もまだ日本に来て間もない頃で、日本語の発音も下手ですし、そもそも自分自身が詩についてそう蓄えもないのにそれを分け与えねばならんわけだから、非常にうしろめたかったですね。だいたい『ヂンダレ』だと、自分の名前で発表する作品を書かなきゃならないのに加えて、原稿が足りなければほかの名前で作品を書いたりもしなきゃならないし、ひとの作品を手直ししてあげたりもしなきゃならない。そんなことばっかりでしたから、最初の頃は熱がこもってなかったんですね。私はね、内心どっかで、創作行為が組織運動の便法になるっていうことに、疑念をもっておりましたね。

『ヂンダレ』批判と四散してしまった仲間たち

『ヂンダレ』に対しては、一九五五年の民戦から総連への路線転換を契機として、組織的な批判が起きてきまして、『ヂンダレ』は二〇号をもって実質的に強制解散させられます。この頃にはかなりいい書き手たちが育ってきておったんですが、『ヂンダレ』がなくなったことでそういう書き手たちもみな四散してしまいました。もってまわった言い方をすれば、金時鐘という難破船に乗り合わせたためにみんな消えちゃったわけです。

なかでも、宇野田さんの報告のなかに出てきた「大阪の街角」という作品を書いた金希球という青年、朴訥な青年でしたが、彼は鶴橋で今の環状線に飛び込み自殺をしました。彼はほんとに力のある書き手でしたからね、難破船に乗り合わせたように『ヂンダレ』から放り出されて書く場を失うということがなかったら、もし書き続ける場があったらね、あんな無残な死に方をすることもなかったのではないかとも思います。もしという話をしてもしかたのないことではありますけどね……。

そして『ヂンダレ』では最も有力な書き手だった権敬沢。じつは、崔真碩さんの報告のなかに出てきた「市場の生活者」という作品を書いた「権東沢」も彼なんです。「東沢」っていうのは、彼が数編同時に作品を発表するときに使ったペンネームなんですよ。口数は少ないけどとてもおもしろい友人でありました。

彼は『ヂンダレ』批判が起きたのちには『ヂンダレ』や私とは関係を断つかたちになっていたんですが、ある日突然葉書が来ました。〈自分はこれから共和国に帰る。新潟行きの列車に乗る前に、大阪駅のホームでこの葉書を書いている。時鐘トンムに何も言わずに帰るのはやはり気がとがめるから、いまこうして書いているのだ〉と。彼はもちろん祖国にあこがれていました。彼に限らず、あのとき北朝鮮に帰国した人たちはみな自分の祖国に帰り着く思いで帰っていったんですね。彼は〈祖国に帰って文学

（撮影：中村一成氏）

を続けるつもりだ、生活の心配のないところで創作に邁進したい〉と書いていました。――一方で彼は金時鐘を批判する批判文を総連に提出して帰っていったんですけどね。もちろんそれは総連が書かせたものであるわけですけれども。

　彼のその後の消息は、帰国した弟を訪ねて共和国に行ってきた鄭仁君を通して知りました。鄭君の弟の近所に彼が住んでおったんですね。彼は力のある書き手で、文学するつもりで帰っていったのですが、鄭君が行ったときには彼は炭鉱関係の仕事をしており、そのまま一生を終えました。これも『ヂンダレ』にまつわる辛く暗い思い出の一つです。

　私は、『ヂンダレ』批判のなかで、話にならない処遇を受けました。よく気も狂わず自殺もしなかったものです。梁君が鄭君に〈時鐘イ自殺するんちゃうか〉と言ったそうですが、自殺こそしませんでしたけれども、相当荒れました。どこにそんなに酒があったのかわかりませんが、毎晩安物のウィスキーを一瓶あけるというようなことをやって、荒れに荒れました。なにしろ当時の私にとっては共和国が自分の生きる目的のすべてでした。私が日本に来たのも、日本からなら共和国に行けるルートがあると済州島で聞き知っていたからです。日本を経由して共和国に行くというのが私の夢でありましたから、批判を受けて帰国の道が閉ざされて、私はなんのために生きてるんだろうかという最も根源的な苦悩に陥って、荒れに荒れました。ですが結局は詩をやることで生き通せましたね。

そのようなわけで、『ヂンダレ』『カリオン』の復刻版が出るというのは苦い記憶の呼び起こしでもありましたが、北へ帰るにも帰れない立場でしたので、今まで命を長らえた、ともいえましょうか。「在日」で生きるしかなかった者として、『ヂンダレ』の友人たちに感謝をかかえとおしてもいます。

一世としての自分

僕は一七歳のときに日本が戦争に負けて解放を迎えました。当時私は朝鮮で教員になるための学校に通っていて、卒業の年に解放を迎えたのですが、当時の私は自分の国の文字では「あいうえお」の「あ」ひとつ書けない、なみはずれて特別な皇国少年でした。そのようにして解放を迎えたのが私にとっての八・一五です。日本に来ざるをえない原因となった四・三事件が起こったのが一九四八年四月三日ですから、四五年八月から四八年四月までの実質的にはわずか二年半ほどの、国でのたくわえが、私の朝鮮人としての担保なんですね。

それでもね、日本に来ますと、鄭君や梁君と比べたら私は格段に朝鮮人的インテリなんですね。言葉も過不足なく喋れますし、一応物も書けますし、自分の国の歴史についても一通りの知識は持ってますしね。ですから私は組織活動に入ると勢い輝ける活動家になっちゃうんですね。

私は関西における文化関係の総元締めのような仕事をやりました。音楽関係でずいぶんお世話になった韓在淑氏も今日お見えですけど、文化関係の大きなイベントはすべて例外なく私がやったものです。何万人という単位でイベントを組み、私はその総元締めでしたから、周りの目には金時鐘はずいぶん派手に映っていたと思います。当時の僕を知っている人のなかには、金時鐘は今九五歳くらいかななどと言う人もいるのですが、考えてみれば二三歳かそこらで全大阪、全関西レベルの仕事をやって目立っていたものですから、そんな誤解も生んでるんですね。

私の民族的知識は解放後わずか二年半ほどのあいだにたくわえたものでしかないのに、それでも日本に来たらそんなふうに一挙にエリートになっちゃう。それにひきかえ、私よりずっとよく勉強ができたであろう鄭君や梁君は、自分の国の言葉を喋ることができない、お父さんお母さんの済州島弁をたどたどしく喋ることしかできない、というだけで、私のような者とのあいだに格段の開きができてしまう。

「在日を生きる」二世の友人たち

『ヂンダレ』を始めて批判を受けるなかで、私が在日の問題に目を開かれたのは、鄭君や梁君のような生粋の在日二世に出会えたことによります。彼らこそ、在日世代の主人公だということに思い至ったからです。鄭仁にしても、梁石日にしても、自分の国の言葉をまともには知らない、自分の国の文献も原語では読めない。ですが、それでいて、自分の出自にあくまでもこだわって、朝鮮人として生きることに飽くことのない確信を持っている。固有の文化圏から隔絶されて日本で生まれ育ったにもかかわらず、そして日本という無権利状態を強いられる差別構造の中で生きているにもかかわらず、なお朝鮮人であるという自分の出自にこだわり通している。朝鮮人としての生き方は譲らないという矜持を持っている。これこそが主体性であり、在日文学の原点、創作の原点だ。

私は「在日を生きる」ということを当時から言いだした者でありますが、それは「日本で生まれ育った自分の独自性を生きる」ということでありますけれども、だから私のような者が在日の主人公なのではなくて、言葉はたどたどしくともなお自分の出自にこだわって朝鮮人でありつづけることに執着している鄭仁君らの方こそがほんとうの主人公なのであり、彼らが切り拓くであろう未来像こそが在日を生きる原動力なのだ、と考えたわけです。

誰がなんと言おうとノンはノン

私は、うちの国の統一の展望は、働く人たちを基盤にした国家体制であるというふうに、今でも思っています。私は、東欧社会主義圏の崩壊やソヴィエト連邦の崩壊によって、社会主義が敗れアメリカが勝ったというふうに思われていることに、今でも忸怩たる思いがくすぶっており、不満も持っておりますが、年をとって老後に不安がなく、子供を競わせて篩《ふるい》にかけるような教育でなく、働くことで収奪されることのない体制が、悪いはずがない。その体制を汚したスターリニズムや、わが偉大なる将軍様の国家形態が、じつは社会主義からかけ離れているのであってね。そのことを言ったために私は民族反逆者みたいな扱いを受けてきたわけですけれども。

つまり、文学をものするということは、知識があってどうこうということじゃないんだよね。とくに私の場合は大日本帝国の皇国少年として小中学校に通ってましたからね、そんな育ち方をしているからなおのこと、大きなうねりの中に盲目的に身を置くことが生き方だというような思いからは確然と切れた。無知の塊のようであった解放直後の自分の姿から、自分のこれからの生き方を照らし返すなら、大勢《たいせい》がなだれるところに同調するような自分には二度とならない。少なくとも得心のいかないことには絶対にウィと言わない。誰がなんと言おうと私はノンはノンで通す。

在日を生きる

私は『ヂンダレ』『カリオン』の活動を通して「在日を生きる」という命題に出会ったわけですが、固有の文化圏から隔たっている在日が、本国に似せて生きるんじゃなくて、自前の在日朝鮮人として生きる生き方を考えたらね、私たちの統一の問題にも大きな展望がいっぱいあるんですよ。今でも北と南とは融和が根づかず向き合えば対立ですが、今からつい数年前までも向き合うことは歯を剥くことでありました。そのように本国は分断を余儀なくされ南北の対立が激化して同族がいがみあわざるをえなかったわけですが、日本で生きてる在日同胞はね、いがみ合う理由がほんとはないんですよ。別に民団の人とお酒飲んだからといってどっかに収監されるわけじゃありませんしね、総連の人とお酒飲んだからといって刑務所に入れられるわけでもありませんよね、日本では。

北でも南でも、立場が違うっていうことは拘束されたり収監されたりしうるっていうことであったわけですが、でも日本ではそうじゃなかった。在日の展望の中では、対立軸があるから、自分と違うから、背を向けるんじゃなくて、むしろ向き合うべきだ。じゃあ話し合おう。相手の話を聞き、自分の言い分をちゃんと言うべきだ。そのことを自覚していれば、本国で対立があっても、在日朝鮮人は立場を異にしつつもひとつどころを生き、同じところで暮らしていけたわけだね。

僕はそういうところに『ヂンダレ』『カリオン』の活動を通して在日を生きることの意味と展望を見たものであります。そして今日、奇特な人たちがおって私の古傷みたいな『ヂンダレ』『カリオン』が復刻されて、また気のいいみなさんがたくさん集まってくださって、ほんとにうれしく思います。ありがとうございました。

司会（細見） 『ヂンダレ』の始まりから現在の思いまで、たいへん生々しく語っていただきました。「誰がなんと言おうとノンはノン」というのは、金時鐘さんがほんとうに生涯を賭けて貫かれてきた立場だと思います。いまお聞きしたことのなかにも、じつは初めておうかがいすることがいくつもあって、あらためて確認させていただきたいことも出てきましたが、だいぶ時間も押していますので、このままディスカッションに入りたいと思います。

ディスカッション

司会（細見）　会場には当時いろんなかたちで『ヂンダレ』『カリオン』に関わっておられた方もいらっしゃるかもしれません。そういう位置からの感想とか、あるいは当時の思い出など、ざっくばらんにお話しいただけるとうれしいのですが、いかがでしょうか……。

　では、とりあえず東京で崔真碩さんと一緒に「『ヂンダレ』を声に出して読む会」というのをやられている米谷さんが来られていますから、米谷さんにひとことお願いしましょう。米谷さんには復刻版のパンフレットに推薦文も書いていただいています。米谷さん、お願いできますか。

米谷匡史　今日は、「声に出して読む会」のメンバーの桜井大造さんや申知瑛さんも参加されていますから、あとでぜひ発言をお願いしたいです。先ほどの真碩さんのパフォーマンスを聴きながら、『ヂンダレ』を読みなおすこと自体が一つの文化運動なんだとあらためて感じましたし、みなさんにもそれを感じとっていただけたんではないかと思います。一語一語全部、広告まで含めてゆっくり読みすすめ、声に出していますから、質問したいことはいっぱいあるんですが、一つお尋ねしたいのは、書き手のなかの教員たちのことです。『ヂンダレ』の書き手のなかには、民族学校の先生をしている人がけっこういたようです。「流民の記憶」をめぐる論争のなかで、「在日を生きる」ことが浮かびあがっていくときに、そういう先生たちの活動にはどういう意味があったのか。時鐘さんが書かれた「私の作品の場と「流民の記憶」」〔本書資料編所収〕でも、「ある女教師」の手紙を引用されていますが、その先生は「パンチョッパリマル」しか話せない苦悶について語っています。それは教え子の子供たちと日々接するなかで感じる悩みだと思うんですが、『ヂンダレ』に関わりながら詩を書いたり、学習会に参加したり、手紙を書いたりしていた先生たちの活動にはどういう意味があったのか、お尋ねしたいと思います。

司会（細見）　これはまず金時鐘さんにお願いしましょうか。

金時鐘　私たちが論争を起こしたのは、意識の定型化に反対してのことでした。たとえば組織、朝鮮総連が躍起になって称えていた主体性ということでいうなら、祖国が動く通りに動く、金日成元帥様が考える通りに考える、という主体性がはたして主体性なのか。人間の意識というのはもっと柔軟でもっと多様なものなのではないのか。それを十把一絡げにして一つの鋳型に押し込むのはおかしいのではないか。そういうことだったと思います。

私は言葉の怖さということをいつもずっと思っていました。ずいぶんきつく私を糾弾した朝鮮総連が演説会をしますと、枕詞として金日成将軍を讃える言葉がずうっと続くんですね。いつもきまってそういうことをする。そういうことを言い慣れてしまうと、言わなきゃ寂しいんでしょうね。だから必ず言いますね。本当のことだったら、そんなふうに同じような修飾語を五つも六つも並べることはないんですよ。一つ使えば十二分に伝わることですからね。それほど飾り立てなければならないということは、それだけ実際は中身がないんだというふうに、私などは早くから思ったものです。

民族学校の教員も、同じように、金日成元帥を讃えることから職員会議が始まって、金日成将軍の偉大さを毎日子供たちに語らねばならないという日常に疲れている先生が多かったね。そういう先生から手紙が寄せられたり、そういう先生が『ヂンダレ』の集まりで控え目に発言したりということがありました。手前味噌ですが、そういう発言をできるということが、『ヂンダレ』のよさだったのではないでしょうか。あのときは朝鮮総連の全盛期で、飛ぶ鳥を落とすような勢いの時代でしたから、『ヂンダレ』の集まり以外には自分の個人的な意見を言えるような場がなかったんでしょうね。詩を書く友人たちのところに行けば何でも話せるというような思いがあったんじゃないでしょうか。そういう意味では『ヂンダレ』の友人たちのあいだにはへだたりがなかったですね。

日本における民族権益の擁護運動というのが朝鮮総連の運動でありますから、朝鮮総連の運動を一概に軽く言うわけにはまいりませんが、そのなかでひとたびシステムが出来上がっちゃうと、そのシステムをより高潮させるために使わんでもいい修飾語がいっぱいかぶさってくるんですね。でも、詩を書く者、文学をする者は、すくなくともそういうことからは切れる必要がある、というのが、私が意識の定型化に反対する論拠でありましたが、民族学校の先生方も同じような煩悶をずっと抱いておられましたね、五〇年代から。そういうことを在日朝鮮人運動のなかでもっと早く議論できなかったことを四、五十年経ってなお残念に思うんですがね。

司会（細見） ありがとうございます。鄭さんからはいかがでしょうか。

鄭仁　今の問題について言いますとね、私は金時鐘とはだいぶ違いますね。彼は運動やりながら詩を書いてたんでね、常に全体を見渡していた。やっぱり私などとは違うんですよ。

私は参加してまもなく、『ヂンダレ』は同好の士が集まってできたものじゃなくて、組織からやれといわれてできたものなんだということに気づきました。どういうことかといいますとね、さきほども話しましたが、当時合評会なんかは私の家でやってたんですけれども、金時鐘とか何人かは早めに来てね、隣の部屋でごそごそとその日の会の進め方について打ち合わせをするんですね［その日の会の進め方について党籍のある会員が民対の指導員から事前に指令を受けていたことを指す］。よそでやってから来りゃいいのに（笑）、私の家でやるもんだから、聞こえてくるしね。もともと感づいてはいたのですが、私が『ヂンダレ』の背後に政治的意図が働いていることを知ったのは、そのようにしてでしたね。

それからもう一つ。私なんかは当時からものを書くということは個人を抜きにしてはありえないと思ってました。個人を抜きにして国家やなんやらがあるわけじゃなくてね、やっぱり自分が何なんかということが基本にあると思ってた。自分の作品のことだけで精一杯で、政治的風向きには鈍感でした。母国語にはコンプレックスを持っていましたが。

司会（細見）　ありがとうございます。『ヂンダレ』第一五号以来、金時鐘さんの第一詩集『地平線』をめぐって『ヂンダレ』内で論争になります。私は「流民の記憶」論争と呼んでいるのですが、第一六号で金時鐘さんが批判に対する反論を書かれたときに、民族学校の先生からの手紙を長く引用されています。米谷さんがおっしゃったのは、そこも一つのポイントだろうということですね。

さて、今日は『カリオン』第三号にルポルタージュを書いておられる高亨天さんも来られています。高さんは当事者でもありますので、少しお話しいただけたらと思います。

高亨天　私は今日ここへ来てね、非常に懐かしく思っております。実は私はこの文校の卒業生なんですよ。四期生でしてね（会場拍手）。当時私の住まいは泉北郡高石町［現高石市］で、そっから南海電車に乗って、難波で降りて、当時森ノ宮にあった文校に通っておりました。住まいも離れておりましたからね、猪飼野の金時鐘らとはほとんど接点がなかったですね。

で、文校卒業してしばらくしたら、研究科ができたから入らんかっていうことになって、入ったらそこで友人がだいぶできましてね、全部日本の友人なんですが、その友人たちと同人誌をやっておりました。

そしたらある時なにかの縁で金時鐘と鄭仁のお二人が私を訪ねてこられましてね、「おいお前そんな日本人ばっかりのとこでやらんと、俺とこ来いや」と言うんですね。「俺は現代詩苦手やからあんたとこ行ったたってどうもならんだろう」と言ったら、「いや散文でいいよ、小説かけや」と言うのでですね、『カリオン』に参加さしてもらって、拙いルポルタージュを一つ掲載さしてもらったわけです。

ですからね、私は『ヂンダレ』の当事者ではないんです。言うてみれば遠い親戚みたいなもんでね。解説見たら、私のことは『カリオン』の「客員同人」というふうに書いてあります。当時はよくわかってませんでしたけどね。

その後『カリオン』は解散しまして、金時鐘は荒れてますし、鄭仁はあんなふうにノンシャランですし、ばらばらになりました。ばらばらになったというのは、文学的に、ということですよ。飲むのはしょっちゅう一緒に飲んでましたからね。で、それからだんだんと時が経ちまして、私は自分の才能に見切りをつけて、平俗な人生を送って、もうあと余命幾ばくもない現状であります（笑）。

金時鐘はわが在日の代表的な詩人であるばかりじゃなく、日本でもそうですし、韓国でもそうですし、いまや世界的な詩人だと思うんですが、知り合った頃にね、彼、私に言ったんですよ、「お前は名前が良すぎる」と。先ほど紹介していただいたように、日本読みすると「コウキョウテン」、うちの国の読みにしますと「コヒョンチョン」ですが、つまり……

金時鐘　「天に亨《とお》る」やな。

高亨天　そう、「天に亨る」。お前は名前が良すぎるから名前負けするぞと金時鐘は言いましたが、結局そうなりました（笑）。

司会（細見）　高さんは『カリオン』の第三号にルポルタージュ「新潟」を書かれています。帰還船が新潟港から出て行くそのときに、高さん、梁さん、鄭さんが三人で現場に行かれていた。そのときのルポルタージュです。あのときは金時鐘さんは新潟には行っておられなかった？

金時鐘　批判にさらされていたさなかでね。

司会（細見）　実際に新潟港の帰還事業の事務所なんかへ行って、帰還事業というのは実際どういうものかということをこの目で見ながら、確かめる。帰還するという人に会って、本当にそれが本人の意思か確認しようとするのですが、とても会わせてはくれない。そういうことを含めてのルポルタージュです。あの帰還船出港の場面が在日文学のなかで、あるいは日本の文学のなかでどう描かれてきたかは、たいへん興味深いテーマだと思いますが、その際に高さんのルポルタージュは是非とも参照されるべき一篇だと私は思っています。

それでは、東京で「『ヂンダレ』を声に出して読む会」を崔さんと一緒にされている申さん、今日の感想でもいいですし、質問でもいいですから、お話しいただけますか。

申知瑛　申知瑛と申します。東京の研究会ではみんなで一緒に朗読するのですが、私は日本に来てまだ一年半ぐらいしか経っていないので、みんなと同じように朗読することができません。私は日本語がまだまだなので、事前に単語の意味とか読み方とかを辞書で調べておかなければならないんです。でも、そういう読み方をせざるをえないおかげで気づいたこともあります。たとえば、「オンマ」とか「トンム」といった「呼ぶ言葉」は、『ヂンダレ』ではよく発音通りのカタカナ書きで出てくるのですが、こういった言葉は『ヂンダレ』では日本語でも朝鮮語でも韓国語でもない不思議な言葉として機能しているように感じられます。そのほかにも、日本語のように漢字で書かれているけれどもこれはじつは朝鮮語なのではないかと感じられるような言葉にもしばしば出会いました。

私は、『ヂンダレ』所載の作品やその背後にある在日朝鮮人の運動とどのように向き合ったらよいのかまだよくわからないのですが、自分と『ヂンダレ』とのあいだにある落差をまずは自覚したうえで、そこから出発しながら、友人たちと一緒に朗読することを通じて、『ヂンダレ』と共鳴しあうような読みをしていきたいと思っています。

最後に質問ですが、詩人たちの書いた作品を印刷用の原稿として清書したのは誰だったのでしょうか。詩人たちが自分たちで清書したのか、字のうまい人が清書したのか……。そのあたりのことについて、具体的状況はどのようであったのか、知りたく思います。

金時鐘　ガリ版なんだけどね……。蠟原紙に鉄筆で書いて刷る……。でも今の若い人にはガリ版って言ってもわからんやろな。

宇野田さんの報告のなかに「西の地平線」っていう作品が出てきましたが、あの作品を書いた朴実君は、私と同じく党籍をもっていた友人で、『ヂンダレ』を始めた中心メンバーの一人なんですけれども、『ヂンダレ』の初期にはこの朴実君がずっとガリ切りをやってくれておりました。でも、詩をやりだすとやはり自我意識が運動の邪魔になるようになるんでしょうかね、彼は結局組織運動からは外れていきましたね。路線転換後に東京で握り飯屋を始めて、その後大阪に戻ってきたというような噂を聞きましたが、我々の前からはいなくなっちゃいましたね。行方不明です。

司会（細見）　ガリ切りの文化とか、そういうものもかなり縁遠いものになっちゃったのかもしれませんが、要するに当時は、ガリを切るのが得意な人が必ず周りにいたわけですよね。当時は政治的なビラを作ったりするうえでも、ガリ切りは絶対必要だった。私が『ヂンダレ』を読んでいてすごく好きなところの一つは、雑誌を作るときのそういう雰囲気がよく出ているところです。たとえばたくさん載っている広告のなかにおもしろい文句がよく出てくる。「ミッドナイト　ボン」という洋酒・喫茶ですと、

「今里新橋通高架下」にあったようですが、「深夜に／歩きつかれたら／お気軽にどうぞ」というコピー文が添えてある。それから「すし料理　桃太郎」というところの広告では「味覚の秋を／行楽の秋を桃太郎で」。「洋酒・喫茶　カプリ」の広告には「心が通う／店です」とある。あるいは喫茶・食堂・テレビの、これは「玉一《たまいち》」でよろしいか、そこですと、「駅を降りたら／一度お寄り下さい」、「桃谷茶房」だと「味が自慢」［以上、第二〇号裏表紙参照］。この文体が全部よく似ている。最初私はそれぞれの店に広告を出してもらって、それをここに貼りつけたのかと思っていたのですが、どう考えてもそうじゃなくて、そのつど編集部で作っておられたのだろうと思います。こんな広告もあります。朝銀大阪信用組合のものですが［第一四号参照］、「生活を明るくするわれらの金融機関」、「文化人も預金で生活安定へ」（笑）。こんなコピー実際に信用組合は作りませんよね。こういうことをいろいろやりながら編集されていた、その雰囲気がよく伝わってくる。実際には大変なことがいっぱいあったでしょうが、広告一つにもある種の楽しみ方が感じられる。これはとても豊かな文化だと思います。こういうことを感じられるのも復刻版のいいところではないかと思います。すみません、ちょっとずれた話をしたかもしれません。

鄭仁　今の広告の話ですけどね、私がやってたんですよ。「桃谷茶房」っていうのは、さきほどお話しした、ツケをためて家庭教師をやらせてもらったところ。「玉一」はね、結婚後の新居の近くにあってね、家にまだ何もなかったときに、テレビ持ってきてくださったんですよ。「君らお金ないからテレビなんか買えへんやろう」言うからね、「買えまへん」言うたら、「これ置いとくわ、ぼつぼつ払いなはれ」言うて。私はほんとにね、ええ人によう出会いました。だから『ヂンダレ』の広告にはいろんな思い出があります。「桃太郎」なんかでもね、だいぶ世話になりました。

司会（細見）　今も私たち、同人誌とか、いろいろやっていますが、そういう具体的なつながりは乏しいですよね。勝手に広告載せても怒られないし、それどころか、広告載せることで少しでもお金を出してもらったり、雑誌を買い取ってもらったり、置かせてもらったりとかね。そういう具体的な関係をいまはほとんど持てていないような感じがします。だから、とても大変な状況だったけれども、『ヂンダレ』に載っている広告一つを取ってみても、その背後に具体的な人間関係が感じられて、私は豊かだなと思います。他にどうでしょうか。

國重游　僕は東ドイツの文学を研究しています。東ドイツでも、スターリンの時代には、戦後の悲惨な日常ではなく輝かしい未来を書けということが言われて、それができずに筆を折った人や西側に亡命した人がたくさんいます。そんなこととも関わって、『ヂンダレ』を読み返しながら思ったのは、政治的に非常につらい時期がこのような証言として残っているのはすごいということです。ですから今日宇野田さんや崔真碩さんが『ヂンダレ』を読む意味について歴史的証言というような観点からお話しになったのもわかるんですが、一方で僕は『ヂンダレ』には日本の現代詩に対する非常に強烈なメッセージがはらまれているということをもっと強調してもいいんじゃないかとも思うんです。朝鮮戦争があってそこで書く、それが休戦になってそこで書く、状況ともろに向き合って、そこから詩が吐き出されてくる。『ヂンダレ』のそういうあり方っていうのは、今の日本の現代詩にはないものですよね。時鐘さんはつねづね、日本ほど詩が押しやられている国はない、日本の現代詩はあまりに観念的で現実が描かれることがない、というふうにおっしゃっておられますけれども、『ヂンダレ』を読んで、なぜ時鐘さんが繰り返しそのようにおっしゃってこられたのか、わかったような気がします。ですから、私は、現代詩を書いている人にこそ『ヂンダレ』を読んでもらいたいと、あらためて思いました。

司会（細見） ありがとうございました。では、道場さん、ひとことお願いできますか。

道場親信 東京から来ました道場と申します。僕自身は『ヂンダレ』の後に不二出版から刊行を予定している『東京南部サークル雑誌集成』の復刻に関わっています〔二〇〇九年七月既刊〕。これはどういうものかといいますと、東京に『ヂンダレ』よりちょっとだけ早く「下丸子文化集団」という詩人集団がありまして、そのグループが出していた朝鮮戦争下の抵抗詩の運動を掘り起こしたものです。最初は安部公房や勅使河原宏が労働者に文化工作をしてできたグループなのですが、そのグループも朝鮮戦争が終わると活動の方向性を転換して地域のサークルをつなぐネットワーク化の作業に乗り出していきます。先ほど崔真碩さんが「相模湖から済州島へ」というイメージを語られておりましたけども、そのグループには一人朝鮮出身の日本人の詩人がいました。江島寛という詩人です。彼は父親が郵便局長で朝鮮各地を転々として、京城中学で敗戦を迎えるのですが、戦後日本に帰ってきて共産党員になり、目立った活動をしたために一人だけ高校を放校処分になるんですね。その後彼は東京南部に活動の場を置いて下丸子文化集団に入り、やがて集団のリーダーとなります。彼が文化集団で活動した期間は短く、五一年から五四年までの四年間にすぎません。というのも、五四年夏には過労が災いして彼は二一歳で死んでしまうんですね。江島が書いた詩の中で、崔真碩さんたちが上演した芝居の中でも重要なモチーフを提供している詩がありまして、彼は東京の南部、大田区で活動していたんですが、そこからさらに運河を通してですね、釜山へつながっている、その水を通して自分が釜山へつながっていくというイメージで朝鮮戦争に抵抗する詩を書いていました。先ほど宇野田さんのお話の中にもありましたけれども、当時の抵抗詩というのは非常に反米民族主義的な紋切型が多かったと思うんですが、彼は自分自身の身体性とそれから水のイメージを重ね合わせながら、戦争に抵抗する自分の立ち位置を考えていて面白いと思いました。芝居の中でも冒頭に登場人物の詩的独白として出てきます。東アジアが政治的軍事的力によって大きく再編され分断されていくときに、自らが直接体験した朝鮮半島とのつながりを空間的にイメージする、自分がそこにつながりまた引き裂かれていくその自分自身の位置というか、自分自身がどこにいるのかという問題を朝鮮戦争の中でつかみ直していく詩の動きというのがずっと気になっていて、今日のお話をうかがっていてとても感銘深かったです。

それからもう一点なんですけども、下丸子文化集団の中には後に「原爆を許すまじ」の作詞で有名になった浅田石二さんという詩人がいらっしゃいました。彼がこの歌で有名になってからのことですが――そのころには江島は亡くなっています――、浅田さんのところに当時大村収容所で帰国闘争を行っていた人たちによる文学サークル、大村朝鮮文学会というものがあったんですけども、そこから手紙が来て、自分たちは文芸雑誌を作りたい、できれば君たちに手伝ってほしいという手紙を受け取って、それで原稿をどさっと送られたらしいんですね。浅田さんという人は自分でガリが切れなかったので、集団の仲間のガリ切り名人――彼は当時日雇労働者でした――にガリを切ってもらって一号目を出し、そしたらまた原稿がきたので二号目を出したというのです。五七、八年ごろのことでした。これに対する「感謝旗」というのがその後に送られてきます。白い旗に朝鮮半島と日本列島が書いてあって、日本語と朝鮮語で無数のサークル雑誌の表紙が描かれていて、その中で自分たちの雑誌、『大村文学』のタイトル文字がハングルで書かれていて、その製作を請け負ったグループが出していた『突堤』という雑誌のタイトルが漢字で書いてあって、これらを背景に二つの手が握り合っている図柄の旗が送られてきたんですけれども――今はもう残ってないんですが、『突堤』誌にその模写があってどういうものだったかを知ることができます――、そういう文学のつながりに強い印象を受けます。大村の人たちはなぜ浅田石二さんに頼んだのか。民族団体とは違う経路で文学仲間、しかも見ず知らずの「仲間」に頼んだというのは、そういうつながりが彼らにとって大切な絆であったのだろうと思います。ダイレクトな政治運動ではなく、言葉や表現を創造する仲間、その仲間を通じて実現される願い、そのリアリティに心動かされるものがあります。そうしたことを考えるうえでも、今日のシンポジウムはとても刺激に満ちていました。そこで一つ質問があるのですが、この時代に『ヂンダレ』の活動の中でどういうほかの文学グループ――日本人のグループも含めてですが――とのどんなやりとりがあったのか、という点についておうかがいしたいと思います。

米谷匡史　今の話題に関連して、私からも少しお尋ねしたいことがあります。当時は、日本各地でたくさんの文学サークルが活動していて、互いに雑誌を交換しあっていましたから、『ヂンダレ』にも寄贈された雑誌の名前がいろいろ出てきます。『ヂンダレ』もいろんなサークルに送っていたと思うんですが、そういうネットワークのつながりについては、どういう風に感じられていたんでしょうか。『ヂンダレ』は、基本的には大阪の朝鮮人が集まって詩を作る文化運動だったわけですが、日本各地の詩運動のネットワークとのつながりはどのようなものだったのでしょうか。たとえば一三号には、鄭仁さんが足立詩人集団と交わした往復書簡が掲載されています。足立詩人集団は日本人と朝鮮人が一緒に活動しているサークルだったようですが、いったいどういうグループだったのか、その集団とのやりとりにどういう意味があったのか、うかがいたいと思います。

司会（細見） それではまず、鄭仁さんからお願いしましょうか。足立詩人集団のことも含めて。

鄭仁 足立詩人集団ね……。往復書簡を交わしはしましたけど〔第一三号参照〕、実際には会ったこともないしね、わからないですね。ただ大阪ではいろんなサークル活動がありまして、そういうサークルのメンバーとの交流はやってましたね。『ながれ』〔菊地道雄を中心に吹田で発行されていた地域サークル詩誌。一九五一年七月創刊〕というグループと合同合評会〔一九五八年三月〕をやったりね。それから、ユマニテ書房というところで現代詩研究会というのをやってまして、そこで大阪在住の日本の詩人たちと交流したりしていました。ほかにもそういう場所はありましたしね。金時鐘の『日本風土記』〔国文社、一九五七年一一月〕の出版記念会〔一九五八年二月〕には在阪の主だった詩誌のメンバーが参加してくださり、盛大なものでした。会場となった郵政会館も『詩人ポスト』〔全逓大阪中央郵便局支部の清涼信泰を中心に発行されていた職場サークル詩誌〕のメンバーが手当てして下さいました。そんな具合な交流がありました。思い出してみると当時年賀状などもどさっと来てましたから、けっこう広い範囲に交流があったと思います。

司会（細見） では、金時鐘さん、なにか。

金時鐘　大阪ではたくさんサークル誌や同人誌が出ていて、相互の交流も深く、『ヂンダレ』も日本のそういう仲間たちがいっぱい来るような集会を何度もやっています。だから関西一円でいま権威者になっている詩人たちはみな『ヂンダレ』時代に交流した友人たちですね。『朝日新聞』にずっと同人詩集評を書いている倉橋健一君が『ヂンダレ』を訪ねてきたのは彼が高校三年生のときでありました。それから長谷川龍生とかずいぶんたくさんの人たちと『ヂンダレ』のおかげでつながりができましたし、今もつながりがあります。

ただ、こういうことはちょっと口はばったいんで言いにくいんですが、同胞関係の雑誌はほんとにできないんですよね。姜舜［一九一八～一九八七］という朴訥な、朝鮮の近代文学のたくわえは生き字引みたいな先輩がおられて、上十条の朝高の教師だったこの姜舜氏を中心に神奈川・東京で『불씨』という雑誌が出されておりましたが［一九五七年一月創刊］、この『불씨』を始めたことで姜舜氏もまあ人間のくずみたいな扱いをされて学校勤めもできなくなっちゃって……。彼らは意地を張ってだいぶ粘りましたけど、でも結局なくなってしまいましたね。やはり組織統制が個々人の表現にまで立ち入るのは誤りだってことをね、五〇年を経て言えると思います。

私たちは、創作するという立場に立つなら、自分の思考に立ち入ってほしくないし、書くことに干渉されたくもない。その分、他人の表現には立ち入らないし干渉もしない。そういう立場に立たなくちゃいけないんですよね。『ヂンダレ』からかろうじて今日に引き継ぎうるものがあるとすれば、私たちは及ばずながらそういう画一的な組織統制に順応はしなかった、それで四散した、ということが今伝えられることかなと思います。

司会（細見）　ありがとうございました。それでは最後に報告者の三人に一言ずつ話していただいて、結びにしたいと思います。宇野田さんからお願いします。

宇野田尚哉　この間『ヂンダレ』『カリオン』復刻の件で金時鐘さんとお話しさせていただく機会がたびたびあったのですが、その際に時鐘さんから「君は公安になれる」って言われたことがあります（笑）。ほめられたのか、けなされたのか、よくわかんないんですが、まああんまり詮索しなさんなというふうに釘をさされたんだと思っています。

私と時鐘さんとの関係は、歴史の研究者と歴史の当事者という関係で、立場上研究者は当事者が思い出したくないことも調べ上げたり聞き出したりしなければならないわけですから、そこにはどうしても一定の緊張関係が――それは歴史研究としての水準を保つためにはどうしても必要なものなのですけれども――生じてしまうことになります。ですから、詩の実作者として時鐘さんの信頼を得ておられる細見さんが加わってくださるということがなかったら、今回の復刻版刊行の話は立ち消えになっていただろうと思います。そういう意味では、ヂンダレ研究会を組織してみんなで協力しながら復刻版刊行の準備を進めるというかたちをとれてほんとうによかったと思っています。

ところで、さきほど道場さんから『ヂンダレ』『カリオン』の次に不二出版から復刻される予定の『東京南部サークル雑誌集成』の紹介がありましたが、『ヂンダレ』『カリオン』とちがって、こちらのほうは当事者の方々が復刻版の刊行にかなり積極的でいらっしゃるというふうに聞いていて、金時鐘さんが今日のお話を復刻版刊行に際しての困惑・当惑からお始めになったのとはずいぶん対照的なようです。五〇年代のサークル詩人たちは日本人であれ朝鮮人であれ当時の政治的激動に巻き込まれて多かれ少なかれ傷つくことになったといってよいと思いますが、五〇年後の資料復刻に対するこのような態度の違いは、その巻き込まれ方や傷つき方の違いを示唆しているようにも思えます。

それはともかく、今日の会について私がいちばんうれしく思うのは、朝鮮戦争を東アジア現代史の決定的要因と位置づけたうえでそのような視点から五〇年代のサークル詩運動を総体として読み解いていくような研究上の視座をある程度共有できたのではないかと感じられることであり、そして、そのような読解作業を行っていくうえでの重要な参照軸として『ヂンダレ』『カリオン』を位置づけることができたのではないかと感じられることです。私としては、一方では在日朝鮮人サークル詩誌・同人詩誌としての『ヂンダレ』『カリオン』の読みを深めつつ、他方では『ヂンダレ』『カリオン』を五〇年代サークル詩運動という同時代性のうちに開いていくような作業に取り組んでいきたいと思っています。

司会（細見） はい。それでは、丁章さん。

丁章 このヂンダレ研究会、一年前からはじまりまして、一年間ずっと参加してきて、それで今日が一つの区切りだと思って参加したのですが、宇野田さんはまだ続けてゆきたいようですね。それで今日の金時鐘さんの話で、一つ驚いたのが、権敬沢と権東沢が同一人物だったということです。このことは研究会の中で誰も気づかなかった。だけどこのようにして研究を続けていくと、まだまだいろいろな発見があって、これはヂンダレ研究会を、まだまだ続けていかなければいけないなと、そのような想いがします。これからも『ヂンダレ』『カリオン』を読み続けていきたいと思います。

司会（細見）　それで言うと、権敬沢さんと権東沢さんが同一人物だということだけでも、復刻版別冊の解説や索引は訂正が必要になりますね。この間金時鐘さんと何度も会ってきましたが、そういうところまでは確かめきれなかった。そんなことばっかりなんだなあ、とあらためて思いました。では、崔真碩さんお願いします。

崔真碩　「海は／河と溝をとおって／工場街につながっていた／錆と油と／らんる　洗濯板／そんなもので土色になって／源五郎虫の歯くその匂いがした。／／海は釜山にもつながっていた／破壊された戦車や山砲が／クレーンで高々とつられて／ふとうから／工場街へおくられた。／／ふとうは日本につながっていた。日本の／ふみにじられたすべての土地につながっていた。」

先ほど道場さんが紹介された、一九五〇年代はじめ、朝鮮戦争のさなかに、朝鮮戦争を本気で止めようとしていた、東京南部で活躍していた詩人の名前は、江島寛です。本名は星野秀樹さんといいます。いま声に出して読んだのは、江島寛の長編詩「突堤のうた」（『下丸子通信』三号、一九五三年九月）の冒頭部分です。

先ほどの報告ではお話ししなかったのですが、昨年末に、『ヂンダレ』を声に出して読む会」のみんなと、道場さんたちと、江島寛、星野秀樹さんのお墓参りに行ってきました。山梨県の甲府市にありました。みんなでお墓参りをして、お墓の前で、昨年の私たちの芝居『阿Q転生』の主題歌を歌いました。その後、江島寛のことをずっと研究されてきた、というか江島寛を愛しつづけ、追いつづけている地元の方と一緒におしゃべり《ユンタク》をして、すごく楽しい一日を過ごしました。

『ヂンダレ』と同時代の日本のサークル誌を読んでいくと、特に朝鮮戦争に対する反対を唱えた詩を読むと、実際に『ヂンダレ』と江島寛との間に繋がりがあったとか、なかったとかではなくて、こうして一緒に声に出して読んでいると繋がってくる、私たちの中でいま繋がってくる。その両者を繋げるものは、朝鮮戦争を終わらせたい、終わらせるっていう意志です。私たちの中にも、朝鮮半島の平和、東アジアの平和を求める意志があるから、今ここで、繋がってくる。その意志は、『ヂンダレ』の頃から現在にまで脈々と繋がっているとあらためて強く感じています。

権敬沢さん、権東沢さんの話が出ましたけど、私も二人が同一人物だとは知らなかったんですよね。今日、時鐘さんのお話を通じて、権敬沢さん、権東沢さんが共和国に行ったこととその後の生き様を知って、もうなんですかね、驚きと、悲しみと、なんかこう、力が抜けていく感じを受け入れるしかないっていう――。想像を絶するような苦しみがあったんだろうなと想像することしかできないんですが、お話をうかがってですね、あらためて、『ヂンダレ』はいま生きているということを感じています。

どういうことかと言いますと、たとえば、いずれ日朝国交回復すると思いますが、その際にですね、そうしたら共和国に行けますよね。そこでテント芝居をやる。そして、朗読する。権東沢さんの詩を朗読する。そのことで弔う。弔わなきゃいけないし、権東沢さん、権敬沢さんの詩の、言葉のみずみずしさとか強さとか、そういうものを共和国に行って声に出して読みたいっていう想いが生まれました。生まれています。この想いを通じてやっぱり再発見するのは、『ヂンダレ』は今も生きているし、これからも生きているんだな、ということです。

最後にひとつ感想をお話しさせていただきますと、今日実際に時鐘さんと鄭仁さんを通じて『ヂンダレ』の話を初めてうかがってですね、特に鄭仁さんとは初めてお会いしたのですが、実際にお会いして、声を、お二人の声を通じて『ヂンダレ』のお話をうかがいながら、『ヂンダレ』の体温が伝わってきたような感じがしていて、非常に感動しています。『ヂンダレ』の頃から五〇年以上経っていますが、実際にお話をうかがっていると、蘇ってくるものがあって、当時の『ヂンダレ』『カリオン』が持っていた体温が伝わってきて、お二人の声を通じて伝わってきて、非常に来てよかったなと思いました。ありがとうございました。

司会（細見）　来週［二〇〇九年六月一日］、中之島の中央公会堂で、金時鐘さんの「原野の詩／詩人金時鐘をむかえて／詩と、音と、舞と」という催しがあります。金時鐘さんが舞われるわけではないようですが……（笑）。金時鐘さんの朗読を中心とした、コラボレーションの大きな企画です。この催しの企画をされている演劇家の桜井大造さんが来られていますので、最後に桜井さんにお話しいただければと思います。

桜井大造　ちょうど一年前のことになりますが、時鐘さんに東京に来ていただいて、新宿で時鐘さんの詩業をたどる構成のページェントを二日間やりました。韓国から伝統音楽の楽士を招いて在日のカヤグム奏者張理香さんと楽隊を組んでもらいました。それからジャズの原田依幸と小山彰太。舞のほうは趙寿玉さんの「サルプリ舞」です。そして、こちら側の構成案に沿って、時鐘さんには『猪飼野詩集』から『光州詩片』、最近発表された詩までたっぷりと朗読していただきました。初日と二日目とは構成が違いまして、それで多様な時節を突き抜けてきた言葉を時鐘さんの声として、たっぷりと堪能する機会となりました。観客も東京だけではなく、全国からかけつけてくれて、空間的にも広がりがあった会だと思います。金石範さんや梁石日さんも参加してくれましたが、石範氏は「時鐘は関東でも人気があるのでほっとした」とさすがヒョンニムですね、喜んでいました。ああ、それから、いま細見さんは「金時鐘さんが舞われるわけではないようですが」って言ってましたが、実は舞いました。ですから今回も踊られると思います（笑）。大阪での構成も、東京と同様ですが、パンソリの安聖民さんが加わります。それと、韓国から招いている伝統音楽の楽士は国宝級の方々ばかりですのでご堪能いただけると思います。今回朗読する詩はすべて時鐘さんに選んでいただいてます。時鐘さん自身が時鐘さんの言葉と出会うと言いますか、他者を前にして言葉と向かい合わざるをえないという、去年は非常にスリリングな時間がうまれました。時鐘さんの緊張はすごいものでしたし、時鐘さんが言葉を吐こうとするまえの最初の吸気ですね、これが真新しい時間と真新しい言葉を呼び寄せる、そういう出来事が東京では起こりました。今回は普段、息を吸っている地元大阪での出来事ですので、それがどんな呼気になるか、みなさまぜひお見逃しなきようにお願いします。

司会（細見） それでは長丁場になりましたが、これで本日の会を終わりたいと思います。とくに金時鐘さん、鄭仁さんに、拍手をお願いします。ありがとうございました。

II

『ヂンダレ』『カリオン』の詩人たち

『ヂンダレ』と水曜会のメンバー、1957年頃、大阪泉南の山手にて（写真提供＝金時鐘）
2列目左寄りが金時鐘・姜順喜夫妻、前列右側が鄭仁、前列中央が梁石日。そのほか『ヂンダレ』の会員では、朴実、洪允杓、李述三、金仁三、金華峯、趙三竜の姿が見える。

権敬沢という詩人

細見　和之

『ヂンダレ』第一三号でその「作品特集」が組まれている権敬沢は、『ヂンダレ』『カリオン』に登場する、無名にとどまった数多くの書き手のなかで、とりわけ印象深い存在だ。この特集を文字どおり皮切りに、第一四号では「李静子作品特集」、第一五号で「金時鐘研究」が組まれることになる（さらに、第一七号の「編集後記」によれば、当初第一七号では洪允杓の作品特集が組まれることになっていたという）。『ヂンダレ』も創刊からやがて三年目を迎える時期に、会員の作品にあらためて強い光をあてることが試みられてゆくのだが、その際、真っ先に取り上げられたのが権敬沢の作品だったのだ。

権敬沢は、『ヂンダレ』の創刊号から「金民植」というペンネームで作品を寄せ、第五号からは権敬沢という本名で作品を発表することになる。しかも、今回のシンポジウムで金時鐘の発言から明らかになったように、じつは創刊号から登場する「権東沢」もまた権敬沢のペンネームだった。結果として権敬沢は、本名をあわせて三つの名前で『ヂンダレ』『カリオン』の誌面に登場していたことになる。作品の総数は四五篇に達していて、これは『ヂンダレ』『カリオン』のメンバーのなかで、金時鐘に次ぐ数である。

権敬沢の作品は、創刊号に金民植の名で掲載されている「たたかう朝鮮のうた」と、同じく創刊号に権東沢の名で掲載されているきわめて抒情的な「望郷」に見られるように、当初から大きな振幅をもって存在していたようだ（ただし権敬沢は、このふたつのペンネームを、作品のテーマにそくして使いわけていたわけではないようだ）。そのなかで、権敬沢のもっとも完成度の高い代表作となると、第四号に金民植名で掲載されている「ひまわり」ということになるのではないか。以下はその全行。

梅雨ばれの夏空だ
青く鳴りひびく夏のさかりだ
動かぬ雲の下にひまわりが燃える。
いつも、しおれず太陽をかざす眩しい花。
太陽にむかつて花びらをさしのべ
はげしい光をたくわえる花。
ひまわりは日に焦げてまつきいろ
花弁をひきしめてむれて咲き
その影は鮮烈に黒い。

激しい陽の光のもとにあるひまわりとその濃い影の対比。このひまわりのイメージはそれこそ「鮮烈」だろう。第一二号に権敬沢名で掲載されている「特別居住地」では、有刺鉄線に囲われた「さくら」が描かれている。こちらもたいへん印象的な作品だ。やはり全行を引いておきたい。

少年がひとり
柵の前に立つて
満開の桜を見上げている。
有刺鉄線を張りめぐらした柵の中で
さくらの枝々はゆらりと高く
ゆらりとひろがり
うす桃色の花びらは
日本の土でないところに散つている。
きららを刷いた四月の光をうけて
花も枝も幹も
どのすみずみまでも
つややかにいのちあふれ
美しい花ざかりだ。
少年の光つた瞳には
さくらの花が影をうつし
それに重なりあつて
有刺鉄線の影が濃くうつつている。

金時鐘が「権敬沢作品特集」のなかの批評で指摘しているとおり、これは米軍基地の敷地内に咲いている桜を描いたものだろう。それにしても、この「さくら」に対する感覚は、権敬沢の微妙な位置を示しているようにも思われる。日本の桜の多くがじつは朝鮮半島、とりわけ済州島に由来するものだとする説があるとしても、この作品ではそのような問題までは組み込まれていず、「さくら」はあくまで日本の象徴としてもちいられているだろう。実際、作者名が明示されていなければ、これは当然のごとく「日本人」の作品と受けとめられるのではないだろうか。作者自身、ここに登場する「少年」を日本人の少年と想定していたのかもしれない。

この点は、そもそも権敬沢が『ヂンダレ』に先立って、一九五〇年から五一年にかけて刊行されていた同人誌『えんぴつ』に参加していたことと無縁ではないかもしれない。同誌は、谷沢永一が編集し、若き日の開高健、牧羊子らが集っていたことで知られる。権敬沢は、日本人を主体とする『えんぴつ』で、数少ない在日朝鮮人の書き手として、詩とともに小説を執筆していたのである。そこで権敬沢は、「文盲」(『えんぴつ』第六号)、「底流」(同、第九号)など、むしろ小説の執筆に力を注いでいたようだ。前者では戦中の在日朝鮮人の、後者では解放後の在日朝鮮人の、変わらぬ困難な生活が描かれている。日本人を主体とする同人誌のなかで在日朝鮮人の二世代にわたる困難さを訴える、それが権敬沢の文学的な出発点だったと思われる。これは、誰を読者として想定するかという点でも、権敬沢のなかである種の揺らぎがありえたことを示しているのではないか。

そして、そういう『えんぴつ』での文学的経歴をも踏まえて、権敬沢は『ヂンダレ』に参加し、何より詩に力を注いだのだった。その代表的な成果が、すでに紹介した「ひまわり」「特別居住地」となるのだが、ほかにも『ヂンダレ』第二号に権東沢名で掲載の「市場の生活者」(この作品は、崔真碩が本書所収の報告で紹介している）、第一五号に権敬沢名で掲載されている「とんびと貧しい兄妹」（これは、本書の資料編に収録されている、金時鐘「盲と蛇の押問答」で、厳しい批判とともに全行引用されている）、さらには第一三号の「権敬沢作品特集」に掲載されている「地下足袋」（これも本書の資料編に収録）など、作風の異なったいくつもの秀作を数えることができる。

そのなかで、第一四号に権東沢名で掲載されている「案山子の青春」もまた捨てがたい。黄金に稔った稲穂とその田に立てられた案山子、そこに一見軽い寓意をこめたような作品である。「迚も善い人を見附けた」という案山子を、稲穂が冷やかし、また煽りたてるのである。「案山子の恋は　風の恋／案山子の歌は　風の歌」という、それこそ歌謡曲と見まがうような二行もなかほどには登場する。しかし、以下の末尾には痛切なものが感じられる。

稲株の上に案山子は折り重なり
稔りの秋の人気者に火がつけられた
燃えあがる炎の中に私は見た
火だるまの案山子の恋を　ぱちぱち音立てて炎ゆる　案山子の恋を

この「案山子」という姿に、当時の若い在日朝鮮人が置かれていた状態の暗喩を読みとるのは、けっして牽強付会ではないだろう。権敬沢が『えんぴつ』掲載の小説「文盲」で描いていたのは、貧しい両親の期待どおり中学校へ進学しても、また両親の暮らしを助けるために進学を断念しても、いずれも親不幸を重ねるしかないような絶望的な状態だ。自分の人生を主体的に選ぶことがとうていできない、出口なしの袋小路――。「案山子の恋」もまた、一見軽い戯れめいた作品を演じながら、そのような行き詰まりを暗示していたのではなかったか。
その権敬沢が最終的に選んだのは、共和国へ「帰還」するという方向だった。権敬沢が最後に残したのは『カリオン』第二号に掲載されている「めぐりあい」という作品である。これも本書の資料編に収録されているので、ここでは末尾だけを引いておきたい。

天が破れ
雨が砕ける
私の内部に棲みついたあなたの分身
小人の群れが血まみれになつて
いつせいに水たまりにとびこみはじめる。

この作品から感じられるのは、とうてい歓喜の「帰還」などではない。あの「案山子の恋」に暗示されていたような愛の挫折も背景にはあったと思われるが、詩には孤独と絶望の気配が満ちている。共和国にわたった権敬沢は、その後、詩も小説も書くことはなかったという。

＊なお、『えんぴつ』掲載の権敬沢の作品は、ヂンダレ研究会で宇野善幸さんが提示してくださった貴重な資料に基づいています。記して感謝します。

サークル詩運動とジェンダー——李静子の作品を読む

黒川　伊織

嫁に来る時／一諸〔緒〕に来た青い毛糸の帽子よ。
一度強い風の音を聞いて以来／暗がりでナフタリンと暮らす帽子よ
お前は／若い嫁の髪の匂ひをかぐな
お前は／若い嫁の心のたのしさをしるな
お前は／風に触れる喜びをうたうな
お前は／新しい太陽の光りを恋しがるな
お前は／自由な大気を吸おうと思うな
お前は／すべて美しく飛び交うものを見るな
お前は／嫁に来た帽子である事を忘れる時
お前はその時／本当の風の匂ひがわかる
お前は　その時／此の世のすべての色分けが出来る
お前は　その時／のどをふくらまして自分の歌を歌えるのだ

お前は　その時／風の音より強いひゞきで歌えるのだ
お前は　その時／自分の姿も嫁の心も知る事が出来るのだ
嫁に来る時／一諸《［緒］》に来た青い毛糸の帽子よ
ナフタリンの匂ひの中で／さあ覚悟はよいか——。

ここに引いた李静子「帽子のうた」（『ヂンダレ』第六号所載、本書資料編所収）は、嫁いだばかりの女性が婚家ではじめる新生活への「覚悟」をうたった作品だ。この作品は、わたしの心に痛切なまでの共感を呼び起こした。『ヂンダレ』全号を通読して、最も印象に残る作品がどれであるかと問われたならば、わたしはためらうことなく、この「帽子のうた」をあげる。

今回のシンポジウムに参加して、わたしが違和感をもったのは、『ヂンダレ』が日本共産党指導下の文化工作の一環として創刊されたこと、その後在日朝鮮人運動の路線転換に際して軋轢の焦点となったことなどはさかんに論じられた一方で、李静子をはじめとする女性詩人たちの作品にはほとんど言及されなかったことである。実のところ、『ヂンダレ』には、李静子をはじめとする多くの女性詩人がかなりの分量の作品を書いており、第一四号では「李静子作品特集」が組まれてもいる。しかしながら、今回のシンポジウムでは、『ヂンダレ』がもっぱら階級や民族、国家や革命といった〈大きな物語〉との関係において論じられた結果、『ヂンダレ』に集った詩人たちのうちに存在していたはずの男性／女性という関係性や、この関係性が作品の表現におよぼしたであろう影響には、注意がはらわれることはなかった。そこで、本稿では、今回のシンポジウムではもっぱら〈大きな物語〉との関係において論じられた『ヂンダレ』を、ジェンダーの観点から読みなおしてみたい。具体的には、『ヂンダレ』にたしかな足跡をのこした女性詩人の作品を、男性／女性という関係性を下支えしていたジェンダー規範という観点から読みなおす作業をつうじて、多かれ少なかれ〈大きな物語〉の枠組に制約されてきた『ヂンダレ』をふくむ一九五〇年代サークル詩運動への視点を再構築してみたいと思う。

ところで、『ヂンダレ』を担った在日朝鮮人男性／女性のほとんどが、二世第一世代（戦時下で初等教育を受けた一九三〇年代半ば生まれくらいまでの世代）であったことは、その作品に埋めこまれたジェンダー規範を考えるうえでの基本的前提である。二世第一世代は、日本語による近代的な学校教育を受けたはじめての世代であるが、とくに女性は学校教育によって注入された良妻賢母イデオロギーを内面化していたことが指摘されている（宋連玉「「在日」女性の戦後史」、『環』第一一号、二〇〇二年）。また、二世第一世代の女性のなかには、初等教育レベルにとどまらない教育を受ける機会をえた者もいた。たとえば、李静子についていえば、後述するように中野重治や太宰治の作品を下敷きにした作品を書いていることからもわかるように、相当な教養を身につけていたものと思われ、二世第一世代の女性に学校教育がおよぼした影響は看過しがたい（これにたいし、一世の女性の多くは教育を受ける機会そのものを持つことができなかった）。この意味で、「帽子のうた」をはじめとする李静子の作品は、学校教育をつうじて二世第一世代の女性が内面化していた良妻賢母イデオロギーという規範がもつ重みをも、わたしたちに突きつけてくる。

李静子について『ヂンダレ』の誌面からその経歴を窺ってみると、一九四七年頃には二〇歳前後であり、二世第一世代の一員であったことがわかる。そして、その頃にうたわれた作品（「手」、「たくましいおかみさん達」、「ビラ貼り」）からは、彼女が朝鮮人としての民族性の確固たる自覚に立って、朝連（在日本朝鮮人連盟）や女同（在日本朝鮮民主女性同盟、朝連の傘下団体）での運動に関わりを深めていたことが読み取れる。『ヂンダレ』には第三号（一九五三年六月）から参加しており、当時『ヂンダレ』の方向性を強く規定していた朝鮮戦争下での闘いをおおらかな作風でうたいあげた彼女の作品（「ひとやの友に」、「ふるさとの江によせて」、なお前者は在日朝鮮文学会機関紙『文学報』第四号に転載されたといい、彼女自身も『ヂンダレ』同人唯一の在日朝鮮文学会会員であったという）は、スローガン詩に埋め尽くされていた初期の『ヂンダレ』において異彩を放っている。だが、そのような彼女の作品にたいしては、創刊直後の『ヂンダレ』を「指導」していた組織活動家たちから、あまりに彼女自身の生活と乖離しているといった批判が向けられることになった。たとえば、金時鐘によると、「牢屋を知らない人が、牢屋を歌うってことは無理」だといった批判があったという（金時鐘「正しい理解のために」、第六号）。このような批判には妥当性がまったくないわけではないが、しかし、男性組織活動家らによるこのような教条主義的批判がおおらかな作風の女性詩人李静子を委縮させてしまったのもまた事実であっただろう。実際、この時期の『ヂンダレ』は、「プロパガンダ……の必要性を強要しすぎた」結果、「平素書いている作品と、ヂンダレに出す作品とを区別しなければ出せない」ような雰囲気となり（同前）、「会員の多くが、異口同音に書けなくなつたことを訴え」るような状況に陥っていたのであった（金時鐘「編集后記」、第五号）。

一九五三年一〇月、李静子は在日朝鮮人男性と結婚して朝鮮人集住地であった吹田市御旅町（藤井幸之助「吹田市御旅町と在日朝鮮人のくらし」、関西大学生活協同組合『書評』第一三〇号、二〇〇八年）で新生活をはじめた。第七号（一九五四年四月）から寄稿しはじめた鄭仁によれば、すでにその時期合評会や研究会などに彼女の姿はみられなかったといい、主婦としての日常に忙殺されるなかで『ヂンダレ』の日常的活動からは遠ざからざるをえなかったものと思われる。この時期に『ヂンダレ』に掲載された李静子の作品（「帽子のうた」、「労働服のうた」、「りんご」）は結婚後の生活をうたったものであり、その後第一五号に掲載された「涙の谷」を最後に、李静子の名前は『ヂンダレ』の誌面から消えることになる。

主婦となった李静子が、自らにその「覚悟」を問いつつ読み手の前に差し出した作品が、結婚直後に発表された「帽子のうた」である。「嫁に来る時／一諸《〔緒〕》に来た青い毛糸の帽子」に「…するな」と繰り返し命じつつ「ナフタリンの匂ひの中で／さあ覚悟はよいか」と問うその韻律と構成は、中野重治「歌」（『中野重治詩集』所収）をふまえたものとみてさしつかえあるまい。中野の「歌」はプロレタリア文学運動の一端に加わる意志と覚悟とを自身に厳しく問おうとするものであったが、これを下敷きとした李静子の作品は、「嫁に来た帽子である事を忘れる時」はじめて「のどをふくらまして自分の歌を歌えるのだ」、「自分の姿も嫁の心も知る事が出来るのだ」といった表現に端的にあらわれているように、過去の自分を「ナフタリンの匂ひの中」に閉じこめて婚家での生活になじむのだという「覚悟」を自分自身に迫るものにほかならなかった。一方、『ヂンダレ』所載の最後の作品となった「涙の谷」（本書資料編所収）は、太宰治「桜桃」に登場する妻が「この、お乳とお乳のあいだ」を「涙の谷」と呼ぶのを下敷きとした作品であるが、この作品からは、かつて過去の自分を「ナフタリンの匂ひの中」に閉じこめて婚家での生活になじもうとした李静子が、その後婚家で妻／母／嫁として抱えこむことになった苦悩がいかに深かったかをうかがうことができる。「深い谷間からせき上げる／熱い涙」に、「深い谷間よ／せき上ぐる熱い泉よ」と呼びかける李静子は、「お前は／女の一生を洗ひ去れるのか／生きる希みをも拭ひ去れるのか」と問いかけたうえで、「若い母親の生命を目覚めさせておくれ／わたしの魂を蘇みがえらせておくれ」とこの作品を結ぶ。李静子が筆を折る前の最後の作品が、女性としての生命の目覚めや魂の蘇りを希求する言葉で結ばれているという事実は、「帽子のうた」が婚家での「覚悟」を厳しくみずからに問う作品であっただけに、読者の胸を打つ。
のちにこのようにして筆を折ることになる李静子は、「帽子のうた」発表後、結婚後の自身が送っている生活を卑下して、「帽子のうた」以降の自作は「つまらないものばかり」だと自己批判していたという(洪宗根「李静子作品ノート」、第一四号)。それにたいし、李静子作品特集号となった『ヂンダレ』第一四号に作品評をよせた洪宗根は、李静子にとっての日々の生活の重みを理解しないまま、彼女は自らがおかれた「みにく、、くだらない」現実と対峙すべきであると評している(同前)。だが、李静子のおかれた現実とは、「労働服のうた」(第七号)が夫の仕事着を洗う心境と情景をうたった作品であったことからもわかるように、主婦としての日常にほかならなかった。そして、主婦としての日常を送っていた李静子が、作品の執筆どころか、自分の自由な時間すら持てなかったであろうことは、当時の状況から推して容易に推察される。この場合、家事に追われる李静子が結婚後の自身の作品を「みにく、、くだらない」と自己批評することと、家事責任を負うことのない洪宗根が李静子のそのような自己批評に同調して「みにく、、くだらない」云々と評することとの間には、埋めがたい懸隔があるといわざるをえない。二世第一世代の李静子にとって、主婦として生きるとは、在日朝鮮人社会の儒教的家父長制と、かつて学校教育をつうじて内面化した良妻賢母イデオロギーという二重の桎梏を、過去の自分をふまえないままの洪宗根の李静子にたいする批判は、自身の男性性に無自覚な、あまりにも無責任な「ナフタリンの匂ひの中」に閉じこめつつ生きねばならないということにほかならなかった。このこと批判であったといわざるをえない。

しかし、これは洪宗根だけの問題ではない。左翼運動にせよ民族運動にせよ、結局のところ男性中心の運動だったのであり、そこで語られたのは、階級や民族、あるいは国家や革命といった、男性中心の

〈大きな物語〉にほかならなかった。そして、一九五〇年代のサークル詩運動は、在日朝鮮人に担われた場合であれ、日本人に担われた場合であれ、そのような〈大きな物語〉の圏内で、むしろそれを積極的に引きうけるかたちで展開されたのであるから、そこでは女性詩人の存在は周縁化されざるをえなかった。過去の自分を「ナフタリンの匂ひの中」に閉じこめるようにして嫁いだ李静子がその作品にこめた喜びや苦しみが十分に受けとめられる可能性は、一九五〇年代のサークル詩運動のなかでは、構造的に制約されていたのである。

しかし、だからこそ、一九五〇年代サークル詩運動のなかで生みだされた女性詩人の作品をいまジェンダーの観点から読みなおす必要があるのだ。今回のシンポジウムでの議論が、結局のところ〈大きな物語〉の枠内に終始してしまったことを、わたしは非常に残念に思っている。戦争と革命、朝鮮と日本、祖国と在日、といった軸に加えて、男性と女性という軸も設定されてしかるべきであったし、むしろそこを基点にして〈大きな物語〉自体を捉えなおすような読みがなされてしかるべきであったと思う。『ヂンダレ』所載の女性詩人たちの作品は、二世第一世代の在日朝鮮人女性の若き日の自己表現としても、一九五〇年代サークル詩運動における女性詩人の活躍の実例としても、貴重なテキストである。ジェンダーの観点をふまえてこれらの作品を読み解き、そこに表現された名もなき女性詩人たちの声に耳を傾けること、そしてそのような作業をつうじて一九五〇年代の〈大きな物語〉を捉えなおし、その限界性を踏み越えて、彼女たちの声が聞きとれるような五〇年代像を描きだすこと、そのようなことが、半世紀後の現在においてサークル詩運動の経験を受け止めようとしているわたしたちには必要なのではないだろうか。

『ヂンダレ』における鄭仁——サークル詩と現代詩のあいだ

宇野田　尚哉

五〇年代には、無数のサークル詩誌が生まれては消えていった。当時叢生したサークル詩誌の多くは、叫ぶべきことをひとしきり叫び終えたら、そのまま消えていったのである。だから、朝鮮戦争下にオルグの手段・プロパガンダの道具として創刊された『ヂンダレ』の場合も、休戦が成立し情勢が激変するなかでほかの多くのサークル詩誌と同様の最後を迎えていたとしてもおかしくはなかった。『ヂンダレ』全二〇号のうち装丁の面でも内容の面でも最も見劣りがするのは第一〇号（一九五四年一二月）であるが、そのまま衰退消滅していた可能性も十分にあったのである。

にもかかわらず、『ヂンダレ』はむしろそれ以後に詩誌としての充実度を高めていった。消えていった多くのサークル詩誌と『ヂンダレ』との違いはここにあるのであるが、この展開の原動力となったのは、第七号から参加した鄭仁の存在であった。当初『ヂンダレ』を文化工作のための素人詩誌と見ておざなりな作品しか書いていなかった金時鐘が、『ヂンダレ』の活動に本腰を入れて取り組むようになったのも、鄭仁からの突きあげを受けてのことであったという。このように、鄭仁は、『ヂンダレ』の展開を理解するうえで欠くことのできない存在なのである。

そこで、本稿では、『ヂンダレ』において鄭仁が果たした役割について考えてみたい。『ヂンダレ』というと金時鐘の詩誌というイメージが強く、金時鐘に関心を集中するかたちで読まれがちであるが、しかし『ヂンダレ』はあくまでもサークル詩誌だったのであるから、その担い手やネットワークについての検討が今後多面的になされる必要がある。本稿はそのような試みの一つである。

鄭仁は、一九三一年に済州島出身の両親の長男として大阪猪飼野に生まれた。幼くして右膝の関節を患い、その後遺症で松葉杖を生涯の友とすることになって、小学校への入学も一年遅れている。解放後の四六年四月から二年間ウリ中等学院に通ったあと、四八年四月からは大阪府立清水谷高校に通い、文芸部に所属して機関誌に詩作品を投稿したというから、鄭仁が詩を書き始めたのは高校時代のことだったようである。高校卒業後はなかなか職に就くことができなかったが、金時鐘と知り合う頃には、喫茶店組合で事務員をやるかたわら、高校時代の同級生らと水曜会という社会科学の読書会をやっていたという。

鄭仁が金時鐘と知り合ったのは、『ヂンダレ』が創刊されてから十ヶ月ほど経った一九五三年一二月頃のことであったらしい。鄭仁は水曜会の主要メンバーであったから、組織活動家金時鐘によるオルグの対象となったのである。鄭仁の側でも『ヂンダレ』のリーダー金時鐘のことは聞き知っていて、以後二人は急速に接近していった。

鄭仁が『ヂンダレ』にはじめて作品を寄せたのは第七号（五四年四月）のことであり、奥付に「責任編集者鄭仁」と明記されるようになるのは第一〇号（同年一二月）以降のことなのであるが、じつは第八号（同年六月）からすでに奥付の発行所の住所は鄭仁の自宅の住所となっていて、鄭仁はこの段階から『ヂンダレ』の活動に深く関わっていたものと思われる。

この頃、鄭仁の自宅には、「水曜会」「ヂンダレ発行所」という二枚の表札がかけられていて、昼夜を問わず友人たちが出入りしていたという。松葉杖を手放せない鄭仁のことを心配した両親が友人たちの来訪を歓迎してくれたこともあり、鄭仁の自宅は猪飼野における朝鮮人知識青年のネットワークの重要な結節点になっていたようである。実際、このあと一九五五年の前半にかけては、鄭仁の自宅が『ヂンダレ』の集まりの会場となっており、毎週のように開かれていた合評会や研究会には女性を含む二、三〇人の若者たちが集まってきて、ときには階段が落ちたりしたこともあったという。金時鐘は、後年、「鄭君は、仕事をやってみると、ぼくなどよりずっと組織者だし、工作者としての影響力をもっていたね」（犬塚昭夫・福中都生子編『座談関西戦後詩史　大阪篇』、ポエトリー・センター、一九七五年）と回想しているが、一九五四年後半から五五年前半にかけてのこの時期には、たしかに鄭仁は明晰な頭脳と温和な人柄を兼ね備えた天性の組織者・工作者として影響力を発揮していたといえよう。

このような鄭仁参加直後の動きのなかでとくに注目されるのは、毎週土曜日午後七時から舎利寺朝鮮小学校で開かれていた研究会において、参加したばかりの鄭仁がはやくもチューター役をつとめており、しかもそのテキストが小野十三郎『現代詩手帖』（創元社、一九五三年二月）であったという事実である。鄭仁は、参加するやいなや、闘争詩だけではもはや立ち行かなくなりつつあった『ヂンダレ』に、「現代詩」という新たなモメントを持ち込んで、以後の展開を促す役割を果たしたのである。

ただし、〝持ち込んだ〟とはいっても、本格的に詩を書き始めたばかりの鄭仁が『ヂンダレ』に持ち込むべき「現代詩」を最初から確固として持っていたはずはなく、むしろ、これを契機として『ヂンダレ』のなかに「現代詩」の方法を模索するような動きが（おそらくは金時鐘と鄭仁を楕円の二つの焦点としながら）生まれていった、ということであっただろう。私が見るかぎり、鄭仁の詩がまぎれもなく鄭仁独自のものとなるのは、作品でいうと「証人」「街」から、『ヂンダレ』の号数でいうと第一七、八号から、年代でいうと一九五七年からであるから、一九五四年の鄭仁の参加以後、鄭仁の詩人としての成熟と、『ヂンダレ』の詩誌としての充実とは、金時鐘『地平線』（ヂンダレ発行所、一九五五年一二月）刊行の影響なども受けながら、並行して進んでいったといってよい。

ところで、五〇年代半ばのこの時期に鄭仁が「現代詩」というとき、具体的にはどのようなことが念頭に置かれていたのであろうか。当時の彼の「イメージの造型と云う、現代詩で最も重要な要素」云々（「サークル誌評」、『ヂンダレ』第一八号、一九五七年七月）といった言葉遣いから推すと、小野十三郎『現代詩手帖』の「現代詩とは何か」と題された一節の次の部分などが、かなり強く意識されていたのではないかと思われる。

現代詩の最も顕著な特徴は、現代詩は言葉の音楽よりも、思考のイメージを重視し、このイメージの造型に依拠している点である。これまでの詩の重要な要素となっていた音楽性を捨てて、音楽に代る詩の魅力の中心を映像が描きだす形態美にもとめたということは、それが詩の真の進歩になるかどうかは今は問わないとしても、詩の構造におけるかなり重大な変化だ。

おそらく、鄭仁が『ヂンダレ』に持ち込もうとしたのは、ここに述べられている、「イメージの造型に依拠して」「詩の魅力の中心を映像が描きだす形態美にもとめ」るような「現代詩」であっただろう。そして、相互に葛藤する諸々の言葉を緊密にコラージュすることにより作品のイメージを造型していくという鄭仁の詩作の方法が練り上げられていったのも、このような「現代詩」理解を前提にしてのことであったと思われる。

鄭仁は、足立詩人集団との往復書簡というかたちをとった初めての詩論で、「詩は革命理論ではなく芸術である限り、作者である個人を抜きにしては考えられません」、「感性を素通りしたマルクス主義は、ギリギリに追いつめられた困難なときには何の役にも立たないものになるでしょう」(「足立詩人集団御中」、『ヂンダレ』第一三号、一九五五年一〇月)と述べて、組織活動家から教条主義的批判を浴びせられることになるが、鄭仁にとっては、「個人」の「感性」を経由しない表現——たとえば、主義や理論が透けて見える「革命」的な詩や、条件反射的な鬨《とき》の声としての闘争の詩など——は、詩ではありえなかった。作者の感性に基づいて、言葉は慎重に選ばれねばならず、イメージは綿密に造型されねばならず、そのようにして独自な世界をもつにいたった作品だけが、現実と対峙しうるだけの力をもつ。当時鄭仁が考えていたのは、そのようなことであっただろう。ここにあるのは戦後の〈政治と文学〉をめぐる論争の『ヂンダレ』版であるが、鄭仁は、『ヂンダレ』において「創作上の方法論が問題になってい」(鄭仁「十四号合評ノート」、『ヂンダレ』第一五号、一九五六年五月)くなか、とくに現代詩の方法についての省察を深めつつ、文学の側から論陣を張っていたわけである。

『ヂンダレ』ではさらに、この〈政治と文学〉という問題に〈朝鮮語と日本語〉という問題が折り重なって、事態はより複雑かつ深刻になっていった。『ヂンダレ』を担ったのは、戦後渡航の一世である金時鐘ら幾人かを別とすれば、鄭仁や梁石日のような、二世第一世代の若者たちであった。ここにいう二世第一世代とは、一九三〇年代半ばくらいまでの生まれで、解放の時点ですでに初等教育を終えており、第一言語もしくはそれに準ずる言語として朝鮮語を身につける機会を奪われてしまった世代のことである。この二世第一世代は、解放前には身につける機会を奪われていた朝鮮語を、解放後には一転して当然身につけているべきものとされたわけであるから、その悩みは深かった。本書資料編所収の鄭仁「朝鮮人が日本語で詩を書いていることについて」（一九五六年九月）や、梁石日「海底から見える太陽」（一九六〇年五月）は、二世第一世代のそのような時代経験の貴重な証言である。

鄭仁は、路線転換後の左派民族組織からの朝鮮語で祖国を歌えという要求には応じなかった。とりかえしのつかないかたちで奪われてしまった朝鮮語で、あたかもとりかえしがつくかのごとく見知らぬ祖国を歌ってみても、その作品は教えられたことを教えられた通りに繰り返すだけの「オウム」の言葉にしかならないことを、みずからの「感性」に照らしてよくわかっていたからであろう。『ヂンダレ』論争のさなかに鄭仁は「オウムの世代」という短文を書いてささやかな抵抗を試みたというが（鄭仁「逃亡と攻撃」、『ヂンダレ』第二〇号、一九五八年一〇月）、この「オウムの世代」という言葉は詩作の方法についての意識の高かった鄭仁が朝鮮語と関わっていきついた自己認識のあり方をよく示している。

強いられているとも気づかぬまま身につけてしまった言語であったとしても、二世第一世代の鄭仁にとって詩作しうる言語は日本語のみであったから、鄭仁にとって詩作するとは日本語で詩作することにほかならなかったはずである。その鄭仁が一九五六年に書いた「朝鮮人が日本語で詩を書いていることについて」は、日本語の現代詩への志向性と朝鮮語を学ばねばならないという義務感とのあいだで引き裂かれたエッセイであったが、その後『ヂンダレ』論争をくぐりぬけるなかで鄭仁がたどっていったのは、日本語の現代詩の方法を自らの在日文学の方法とするという道筋であったといってよいだろう。

そのような道筋をたどるなかで生み出された鄭仁の詩作品そのものについても触れたかったが、それは別の機会に譲らざるをえない。ここでは、過剰に政治的負荷がかかるなかで創刊された『ヂンダレ』が、泡沫サークル詩誌として潰えることなく、在日二世が自己主張する詩誌へと成長していくうえでは、サークル詩と現代詩を媒介する役割を果たした鄭仁の存在がきわめて大きかったのだということを確認して、ひとまず筆を擱くこととしたい。

＊一九五七年以降に『ヂンダレ』『カリオン』等に発表された作品と一九八〇年に月間文芸誌『文学学校』（大阪文学学校）に発表された作品とを中心として編まれた鄭仁唯一の詩集『感傷周波』（七月堂、一九八一年、解説として金時鐘「記憶の腑をこじる詩」を収める）は、長らく入手困難であったが、近年収録作品全二八編中の二一編が『〈在日〉文学全集』（磯貝治良・黒古一夫編、勉誠出版、二〇〇六年）第一七巻「詩歌集Ⅰ」に収められたことにより、抄録版であれば比較的容易に読むことができるようになった。『感傷周波』に採られなかった『ヂンダレ』所載の初期作品とあわせて、今後広く読まれることを願ってやまない。私自身も機会をあらためて今度は鄭仁の詩作品そのものについて論じてみたいと考えている。

よみがえる記憶――金時鐘・幻の第三詩集『日本風土記Ⅱ』を読む

浅見　洋子

金時鐘の第三詩集となるはずであった『日本風土記Ⅱ』は、出版間際になって計画が頓挫し、原稿も四散してしまったという幻の詩集である。しかしながら、金時鐘の手許に唯一残されていた「目次の控え」が公開されたことをきっかけに、この未刊行詩集の存在が知られるようになった。最近では、「目次の控え」を手がかりとしてそれぞれの初出誌にあたるという詩集の復元作業も進められており、徐々に『日本風土記Ⅱ』の全体像が明らかになりつつある。

このような試みにもかかわらず、残念ながら二九篇中、九篇の詩が行方不明であり、これらは今も膨大な新聞や雑誌の中に埋もれたままである。それはもどかしいことだが、こうして不完全ながらも『日本風土記Ⅱ』を読んでみると、それまでになく金時鐘が自分の来歴を吐露していることに気づかされる。もちろん、第一詩集『地平線』（ヂンダレ発行所、一九五五年）や第二詩集『日本風土記』（国文社、一九五七年）においても、金時鐘の記憶を投影したような言葉は散見できる。しかし、『日本風土記Ⅱ』では文字通り、生まれた場所、育った場所、済州島四・三事件から故郷に残してきた父母の追慕に至るまで、日本へ流れてきた経緯が複数の詩篇に書きとどめられているのである。

例えば、第一部「見なれた情景」の冒頭部に、「種族検定」と題された詩がある（『カリオン』第一号〔一九五九年六月〕初出、本書資料編所収の梁石日「海底から見える太陽」に一部引用されている）。この奇妙なタイトルの通り、金時鐘の分身である「俺」が次々と登場する人物たちによって「種族検定」され、その内実が暴かれていくという詩である。「角をまがることで／彼と俺との関係は決定的なものとなった。」という冒頭の一文は、そのような状況設定を、緊張感を伴って鮮やかに示していよう。この「彼と俺」とは、活動家である「俺」と、それを尾行する私服警官のことである。こうして尾行されていることが決定的になった瞬間、「彼」は「奴」へと呼称が変えられ、「俺」の逃走劇がはじまる。

影のようにつきまとう「奴」は、あたかも「俺」自身でもあるかのようだ。しかし、「俺」は「奴」を「犬」と呼び、自分は雄々しい「四肢獣」に変身する。そしてさらには「奴」をやりこめるために、同胞集落である「俺のカスバ」へと誘いこもうとするのである。このあと、追う者と追われる者の内面の緊張、そして「奴」を罠にかけようとする「俺」のかけひきが張りつめた文体で描かれ、テンポよく場面が進んでいく。このような設定を効果的に用いながら、金時鐘は「追いつめられ」通しだった「俺の半生」をえぐり出し、問い返そうとしているのではないだろうか。

この詩で鮮烈なのは、「俺」の叫びが自分に跳ね返ってくる一連の場面だろう。同胞集落に辿り着いた「俺」が「〝犬だァ！〟」と叫び、「奴」は「おつさん」によって捕えられるが、してやったりと「当然の報酬」を要求する「俺」が、今度は「〝おつさん、こいつも犬やでェ！〟」と「アジュモニ（女将）」に摘発されるという場面である。このあと「俺」は、「〝登録を出せ〟」という「奴」の尋問を受け、聞かれてもいない自分の来歴を叫びはじめる。そして、「奴」とともに「おつさん」の一撃を喰らい、意識がもうろうとする中で、「〝こいつはパルゲンイ（赤狗）でもザコだで！〟」と「GI」に顎を蹴落とされた四・三事件の屈辱的な記憶がよみがえってくるのである。

このように、はじめは勇ましい「四肢獣」として登場する「俺」であるが、場面が進むごとに「奴」と同じ「犬」、さらには「パルゲインでもザコ」とそのイメージを変化させていく。普通は、来歴を遡れば何らかの根拠に辿り着くものだろう。しかし、この詩においては、たぐり寄せられる来歴も、帰属する場も、次々と否定されていくのである。そしてその果てに、「青白い日輪の乱反射に舞う種族不明の登録証！」という一行で詩は終えられる。決して帰着点を見出すことができない（あえてしない）「種族検定」の構造は『日本風土記Ⅱ』全体の構造、いや、詩人金時鐘のあり方をも端的に示しているように思える。

金時鐘は、『地平線』から『日本風土記』、『日本風土記Ⅱ』までは、一貫して二部立てという構成にこだわってきた。その形式が壊されるのは、実質的な第三詩集『長篇詩集　新潟』（構造社、一九七〇年）である。したがって、タイトルや形式だけを見ると『日本風土記Ⅱ』は『日本風土記』の延長線上にある詩集であり、『新潟』との間には大きな断絶があるようにも思える。しかし、自分が何者であるかを問い返すようにその来歴を刻んだ詩集であるという点では、『日本風土記Ⅱ』はむしろ、個人史的な色合いの強い『新潟』の前哨的な詩集であるというべきなのかもしれない。このことは、『日本風土記Ⅱ』と『新潟』がほぼ並行して書かれていたこと、「種族検定」が両詩集に配置されていることにも象徴的にあらわれていよう。

『日本風土記Ⅱ』の第一部「見なれた情景」の最後には、「わが性わが命」という詩が置かれている。太古にまで遡って生命の重みをうたいあげ、四・三事件の犠牲者の鎮魂と再生を試みた壮大な詩だ。初出は『カリオン』第二号（一九五九年一一月）であり、『カリオン』誌上では、第一号に掲載された「種族検定」の続編としてこの詩を読むこともできる。つまり、「種族検定」で引きずり出された四・三事件の記憶に導かれるように、「わが性わが命」では事件のさらに具体的な生々しい記憶がよみがえるという流れになっているのだ。これが偶然なのか、それとも意図的なのかはわからない。だが、痛みそのものとして凝り固まった四・三事件の記憶を、ここで金時鐘が痛苦とともに問いただそうとしていることは確かだろう。

「わが性わが命」（本書資料編所収）は、内容の深刻さとは裏腹に、「白亜紀の最後を／そんなりおし包んでいる／氷山はないか!?」という「ぼく」の突拍子もない空想からはじまる。「断絶の間際に張りつめた／恐竜の脳波」を採って、「この潔癖なるものの臨終にも／求心性ボッ起神経は働いたかどうか」を知るためである。「忽然と一切の種族を断つた」潔い「恐竜」でさえも、その絶命の間際には「ボッ起」したのだろうかという「ぼく」の疑問である。一読すると滑稽な印象を受け、軽く読み過ごしてしまいそうな冒頭だ。しかし、実はこれは、この後で描かれる四・三事件の凄惨な場面を引き出し、さらには太古から連綿と繰り返される生命の営みの中で死者を弔う効果的な舞台装置として、巧みに構成されたものなのである。

「恐竜」の次には、さらに「視界をよぎつて／うねりにくねる／一頭の鯨」が登場する。「鯨」の脇腹に漁師の放った銛が突き刺さるという場面である。そして、「くるりとゴム質のまつ白い腹を見せて」もだえる「鯨」と入れ替わるように、場面は一気に四・三事件の生々しい現場へと移行する。

ピーン／と張つたロープに／永劫／小刻みにうつ血してゆくのは／義兄の金だ。／二十六の生涯を／祖国に賭けた／四肢が／脱糞までの硬直にいやが上にもふくれあがる。／〝えーい！目ざわりな！〟／軍政府特別許可の日本刀が／予科練あがりの特警隊長の頭上で弧を描いたとき／義兄は世界につながるぼくの恋人に変っていた。

これは、「義兄の金」と呼ばれる二六歳の男性が拷問を受け、今まさに処刑されようとしている場面であると思われる。そのように張り詰めた空気の中で、「義兄」は突然、思いがけず「性ボッ起」してしまうのである。死に直面した恐怖が、自分の分身を生きながらえさせようとする生物としての本能を、一気に凝縮させたのであろうか。その「義兄」の「陰茎」が「目ざわり」だという「特警隊長」に対して、「ぼく」は「吊つた男よ。／吊られた男の／性ボッ起の／何が／目ざわりだつたのか⁉」と問いかけながら、「通常／生きることの／生命とは／また別の／生き抜く生命に／おびえてた／お前の／お前は／そこにいなかつたか⁉」という推断をくだしている。「特警隊長」を苛立たせ、おびえさせたのは、死の間際までしょうこりもなく生きようとし、形を変えてでも命を繋ごうとする「義兄」の哀しいまでの〈生〉への執着だ。そうして「ぼく」は、次々と出現する敵の幻影を恐れるあまり、それを根絶やしにすることで安心を得ようとする彼らが、いかに臆病で卑小であるかを暴き出しているのだ。このあと、拷問で「陰茎」を削がれた「義兄」と連動するように、捕獲された「鯨」の「陰茎」が切り落とされるのだが、詩は次のようにして結ばれる。

〝油にもならねえ！〟／大音響とともに／氷山が揺れ動く極地で／熱い血を通よわせた／生の使者が／今／蝟集する／数百億の／プランクトンの／景観のまつただ中に／帰る。

利用価値のない「丈余の一物」として切り落とされた「鯨」の「陰茎」が、「熱い血を通よわせた／生の使者」と呼び換えられ、「数百億の／プランクトン」が漂う深海に、轟音とともに沈んでいく光景は鮮烈である。ただひとつの卵子を目指して泳ぎきる数億の精子をオーバーラップさせるこの場面は、無限の可能性を経て生み落とされる生命が、いかにかけがえのない存在であるかを読者に痛感させる。それは、海は、地球上に生命が誕生して以来、連綿と繰り返される〈生〉と〈死〉を記憶してきた。それは、無数の表情を持った〈生〉の集合体だ。金時鐘は、「鯨」の〈死〉をその営みの中に「帰る」と表現しつつ、塊となって打ち捨てられた四・三事件の死者と、それにつらなる生者のひとりひとりの相貌を浮かびあがらせようとしたのではないだろうか。その上で、死者の怒りや哀しみを「わが」と名づけるこの詩は、その痛みを自分自身のものとして引き受けようとする詩人の気魄を感じさせる、優れた一篇である。

以上の二篇もそうだが、第一部の特徴は、政治性を帯びたスケールの大きい詩を中心に構成されていることにある。一転して第二部では、大状況に翻弄される、個々の人間の悲哀に焦点が当てられる。第一部が政治的な不条理に正面から向き合った詩であるとすれば、第二部はそのような大きな物語からこぼれ落ちた〈個〉の物語の集積であるといえるだろうか。

たとえば、第二部「究めえない距離の深さで」の後半部には、たった一枚の宝くじを「唯一の遺産」に交通事故であっけなく死んだ「地下たび」の男（「籤に生きる」）、「もがれた足の／親指と／中指と／小指とが／埋めてあ」る「御堂筋」を通り「帰国者大会」に向かう「洪おじいさん」（「道」）が登場する。彼らは、「地下たび」で地を這うようにして、「日本」という場を切り拓いてきた。『日本風土記Ⅱ』というタイトルを底辺から支えている人たちだ。このような〈個〉の物語に託して、金時鐘は自分にとって最も個別的な、しかし痛みの根源ともなっている父母への思いを捧げようとしたのではないだろうか。

第二部には、両親、とりわけ母に思いを寄せた詩が二篇置かれている。「父よ、この静寂はあなたのものだ」という副題の付された「雨と墓と秋と母と」、そして第二部の表題ともなっている「究めえない距離の深さで」である。『日本風土記』の扉に、金時鐘は「父の墓前に捧ぐ」という追悼文を刻んでいるが、これに対して『日本風土記Ⅱ』は母に捧げる詩集であるという位置づけだったのかもしれない。

この二篇では、父も母も、ある共通したイメージで想起されている。弔うこともできずに荒れ果てた父の「墓」、そしてその傍らに「生きてる／ミイラ」として横たわる母というイメージだ。金時鐘が父の訃報を受けた直後に書かれた「雨と墓と秋と母と」は、父の「墓が濡れる。」と胸を痛め、ひとり残されて「生きてる／ミイラ」になり果てた母に思いをはせた詩である。しかし、金時鐘は「母よ。／山がけむつてる。／海がけむつてる。／そのはるかな／向こうが／野辺です。」と、はるか彼方に済州島を見はるかす以外に術がないのである。

遠い。／はてしなく遠い。／月への道が開かれても／この距離の究めうる日は／永遠にこないだろう。

金時鐘は、「究めえない距離の深さで」において、済州島をこのように記している。冷戦下の宇宙開発を背景として、人類の月への到達が現実味をもって語られはじめたこの時期に、金時鐘は距離的には月とは比べようもなく身近にある済州島を、途方もなく遠い場所として想起しているのである。それは、五〇年の歳月を経て済州島を訪れ、ようやく父母の墓参りを果たしたときに書かれたエッセイ、「50年

の歳月　月よりも遠く」（『朝日新聞』夕刊、一九九八年一一月二日）にまでつながるイメージだ。済州島は月よりも遠い。それは、父母への思いとともに、金時鐘が変わらず抱きつづけていたものなのだろう。「究めえない距離の深さで」は、済州島から送られてきた母の手紙を「ぼく」が受け取り、「炎天下に／かざされた／全逓同志の／手汗のしゅんだ／ハトロン封筒を／開く。」という場面からはじまる。この詩は、母の死から一年余り後に書かれたものである。それにも関わらず、あたかも母が今も生きているかのような、臨場感のある描写が印象的だ。「生きたまま／ミイラとな」り、「やへむぐらの／おおえるにまかせた／父の／骨の痛みだけを訴えてきた」母の手紙は、「韓国製の／ひつぎ」、「告別の書」と呼ばれる。しかし、それは同時に金時鐘が最後に手にすることのできた、母の唯一の手ざわりでもある。だからこそ金時鐘は、母のぬくもりをよみがえらせてくれた手紙を、母の死を追悼するこの詩の冒頭に捧げたのではないだろうか。次の引用は、「究めえない距離の深さで」の最終連である。

母の／呪いと愛にからまれた／変転の地で／迎撃ミサイルに追いつめられる／機影のように／父の地／元山を想う。／一人子の／息子に置き去られて／なお／帰れと云わぬ母の／地の塩を／這いつくばつて／なめる。／――一九六一・八・一四・夜――

以上、簡単にではあるが、『日本風土記Ⅱ』に収録予定だった詩を何篇か読んでみた。そこに広がっているのは、金時鐘が絶望の淵からつかんだ、〈生〉と〈死〉への尽きない愛惜である。それは、私の奥底にも眠っている一生命としての記憶を呼び覚ますように、私の心を揺り動かした。金時鐘が『日本風土記Ⅱ』でよみがえらせた記憶は、東アジア現代史の凄惨な出来事を忘却から救いあげようとか、それを書きとどめて誰かに伝えようという明確な目的意識を持ちえない、もっと根源的な痛みの風景なのかもしれない。

＊『日本風土記Ⅱ』については、本書六八〜六九頁も参照されたい。

「対関係」と「投壜通信」の精神

愛沢　革

司会の細見和之さんが、催しの内容をあらまし説明する最初のあいさつのところで、報告者の宇野田尚哉、丁章、崔真碩の各氏も細見さん自身も、『ヂンダレ』『カリオン』というふたつの雑誌が創刊されたときには「まだ生まれていなかった世代です」といったのがまず印象的だった。そういう若い世代が、一九五〇年代の「大阪の在日朝鮮人がいちばん困難な状況に置かれたなかで刊行されてい」たこれらの雑誌を、いまどう受け止めるかについて考えたいと欲し、それを多くの人にひらいてともに語りあう場をつくろうとした。かつて中野重治が「支配的勢力のところでは連綿として受けつぎが確保され、被支配勢力のところではそれがばらばらに断ち切られてきている事実」を強調していたことをおもいだす(『緊急順不同』三一書房、一九七七年)。中野さんは、グラムシの「歴史的媒介環、すなわち青年を教育することのできる世代……」ということばを引きながら、日本・日本人の朝鮮・朝鮮人にたいする歴史的認識と態度に重点を置いて、緊急に順不同に大事なことをとりだしていきたいと書き起こしていた。

いま細見さんたち日本人と、丁さんたち朝鮮人、これらの若い世代がともに立って、一九五〇年代にまだ若々しい匂いたつような青年だった金時鐘さんや鄭仁さん、梁石日さんたちが苦労して出した雑誌を集め研究し、復刻出版に努力するだけでなく、このように「歴史的媒介環」を新たにつくりだすような場をひらいてくれたことに、拍手を送りたい。

ぼく自身は敗戦後、米軍占領下の「平和日本」に雨後のタケノコのようにたくさん生まれた〝ベビーブーム〟世代の一人であり、少年から青年期へと育っていくときに、ベトナム戦争の激化とそれへの日本の協力ということにぶつかった。ベトナムに向けて日本の基地から、とくに沖縄から米軍爆撃機や空母などが出撃し、また大都市のすぐそばを米軍用車両が走って空母や戦闘機に積む石油が鉄道輸送され、自分といくつも年の違わない米軍兵士やベトナムの解放戦線兵士がなまなましく戦闘のなかで傷つき死んでいくのを報道で見て、世界があぶなっかしく、血の噴き出る激突と矛盾のなかで身悶えていることを、自分の若い身にも降りかかりうることとして感じるようになった。

こういうときに、金時鐘や金石範、あるいは李恢成や呉林俊、高史明といった在日朝鮮人の生気あふれる書き手たちとの、作品をとおしての出会いが、ぼくの青年期、一九七〇年代初めにあった。時鐘さんの言い方を借りれば「元手のかかった日本語」による彼らの、それぞれに個性的な表現が、青年期のぼくにとっては、そのまま現代日本語文学のいちばん充実した、なにごとか新しいものを生み出していくエネルギーと可能性を感じさせる心強い先導者、あるいは同伴者のように思われた。地球上の何十億の人類世界に向けて、新しい生き方を、つまりは、わたしたちが生きていく〝この世〟と生きている人間についての新しいヴィジョンを、模索し捕捉し提起してやまない、この先行者たちの苦渋の汗と血のにじんだ言葉の息吹は、けっして一過性のものではなく、それから四十年近くになろうとしているいまもなお、ぼくの中でマグマのように鳴動している。

いまその鳴動をもたらした最初の「原点」にある『ヂンダレ』『カリオン』の全貌を復刻版によって

知ることができるのは、望外の喜びだといおうか。集いで報告をした丁章さんがいったように、ぼくもまた「在日朝鮮人文学の誕生」に立ち会ったような、初発のマグマ噴出前後の貴重な姿を見た思いがしている。丁章さんもいい、崔真碩さんもいっているが、ここに渦巻いているものは、こんにち現在に生きているわれわれ、いまぼくらの身近に噴き出している問題にまっすぐつながっている、ということが読むと感じられてくる。

『ヂンダレ』第一八号に出ている金時鐘「盲と蛇の押問答」(本書資料編所収)から、在日である彼が朝鮮語で詩を書いても「〝朝鮮の詩〟らしい詩は一向に書け」ない、「なぜなら〝朝鮮人〟という総体的なものの中へ、一個人である私が自分というもののもつ特性を少しも加味しないまま、いきなり飛びついているからです」と述べている一節を引いて、丁章さんは、「この認識は、そのまま現在の私たちへの問いかけとして、鋭くせまりくるものがあ」る、「はたして在日は、この半世紀を、南北の祖国や日本、さらには世界という、そのような総対的なものの中へいきなり飛びついてこなかっただろうか?」と問うている。

六〇年代後半から七〇年代にかけての時期に、ベトナムでの戦争をがんばりぬいてついにアメリカの思惑を破った人びとのたたかいや、あるいは、韓国での軍部独裁とたたかう民主化運動において、民衆の歴史的な受苦の根の深さに気脈を通じながらたたかいを積み重ねていくその粘り強さから、日本にいながらもぼくらは、他人事ならぬ励ましと希望を汲みとってきたのだが、丁章さんの問いには、その内実はどうだったかと、あらためてぼくらに振り返らせるものがある。「国際化」や「世界化」の波に世界中のどの民族、どの個人もが激しく洗われ揉まれている今日においても、問題の焦点はやはり、「一個人である私が自分というもののもつ特性を」失わず、むしろそれを刻みつけうるような仕方で「世界」の問題を呼吸しつつ、そこにコミットしていく方法をどうつかむか、というところにあるのだと思う。

宇野田さんは報告のなかで『ヂンダレ』創刊号の朴実「西の地平線」(本書資料編所収)という作品を引用し、その詩において朴実青年が今いる日本の「西の地平線」の彼方に「戦火に焼かれる朝鮮半島を見はるかすような方位の感覚、彼方の痛みをわがこととして感じとってそこに連なろうとするような痛覚のあり方、その痛みに衝き動かされて闇夜での疾走にも似た日本での運動に身を投じようとする構え」などを示していると、鋭敏に読みとっていた。彼はさらに、「このような特質は、反米民族主義によってたって視野を日本に限定する傾向の強かった当時の日本人サークル詩誌の闘争詩とは著しい対比をなしてい」ると分析していて、これもそのとおりだとは思うが、「対比」や違いを示すものばかりではなく、また同時に、日本人のなかにも、日本にいる日本人でありながら朝鮮半島の戦火の現実を〝わが痛み〟として感じとり、その「痛みに衝き動かされて」運動に身を投じていくような運動家や表現者がいた事実も、見逃せない。

会場からの発言で道場親信さんも「下丸子文化集団」にいた朝鮮生まれの日本人の詩人(江島寛)を紹介していたが、「父親が郵便局長で朝鮮各地を転々として、京城中学で敗戦を迎え」た少年が「戦後日本に帰ってきて共産党員にな」り、活動のさなかに二一歳で夭折したというこの青年詩人の詩が、「反米民族主義的な紋切型」ではなく、「自分自身の身体性とそれから水のイメージを重ね合わせながら、戦争に抵抗する自分の立ち位置を考えてい」たという。道場さんはさらに、次のようにことばを継いだ。「自分がそこ(朝鮮半島)につながりまた引き裂かれていくその自分自身の位置……自分自身がどこにいるのかという問題を朝鮮戦争の中でつかみなおしていく詩の動きというのがずっと気になってい」た、それがこの日の集いの内容ともつながっていたというのだ（本書九〇～九一頁参照）。

こういう話を聞きながら、この場の主題とひびきあう存在として、ぼくの胸には作家・小林勝のことがずっと疼くように揺曳していた。小林勝は、一九二七年朝鮮慶尚南道に生まれて、教師だった父の転勤のため朝鮮各地で暮らしたあと、陸軍幼年学校に入り、士官学校に進学したところで日本の敗戦を迎えた。彼は戦後、植民者二世としての自分の立場を深刻にとらえなおすなかで共産党員となり、戦後の運動に飛び込んでいったという点で、道場さんが紹介した詩人に似た経歴をもつ、戦後派第二世代の作家である。

彼の長篇『断層地帯』（一九五八年初版）の主人公は、朝鮮への米軍の爆撃をニュース映画で「見るたびに、故郷を目の前に突きつけられるような感動と、それが無残に破壊される、身体のなかを引き裂かれるような苦痛を感じる」青年である。この主人公は、党の実力闘争方針に従って、朝鮮戦争勃発二周年の一九五二年六月二五日、東京・新宿駅頭で火炎瓶を投げて捕まるのだが、その内面には、朝鮮を〝故郷〟として育った〝植民者の子〟としての〝負い目〟とともに、戦火に焼かれ傷つく朝鮮の民とその大地の命運を、今まさにひき裂かれる自分の肉体のそれのように肉感する、強い朝鮮への一体感があるのだ。

金時鐘さんは一九九九年六月にひらかれたシンポジウム「言葉のある場所／『化石の夏』を読むために」での講演で、「対関係」ということばを用いながら、金時鐘という詩人の「居場所」について次のように語っていた。——たがいに対立し反目しあう南北朝鮮の双方から疎外され排除され、日本で五〇年を過ごしながら、なお朝鮮というものにこだわり続けてきた、「そのようにも対関係がせめぎ合う狭間の底でしか生きられなかった、底辺の意識体」が私であると。表現の要であることばの問題においても、「戦前の植民地統治下で身につけた日本語が、日本人でない私の意識の関門となって、今もって私のいろいろな思考、考えを差配して止みません。その底辺こそ私の居場所であり、出立であったのです」という(金時鐘講演「今、居る場所」、野口豊子編『金時鐘の詩　もう一つの日本語』もず工房、二〇〇〇年)。

ここで金時鐘のような「意識体」を成り立たせたものと、この「意識体」がどのような表現を求めるかについて彼の語っている内容を、ひるがえって小林勝のような「植民者二世」出身の日本人の表現者の場合にも、ある程度あてはめて考えてみることができるのではないか、とぼくは考える。

小林勝のような作家もまた、朝鮮と日本、「奪われた〝故郷〟」と「祖国」との「対関係」がせめぎ合う、そのような「底辺の意識」における葛藤とともに生きるほかなかった表現者といえる。彼は日本語を用い、日本人社会に戻って生きねばならないのだが、同時に彼にとって、自分の肉体や生理実感を育てた風土は朝鮮であり、その風土によっていつも日本が〝異化〟される感覚もまた、彼の中に沁みこんでいる。こうして、自分の中に日本、日本人、日本語を〝異化〟するものが、肉化されたかたちで、生理実感として存在する(意識の底辺を形づくっている)ことを知ったとき、彼の新しい表現への試みがはじまった。彼は敗戦後の焦土と化した日本の首都に立ったとき、また朝鮮の山河に日本の基地から飛び立った爆撃機がつぎつぎに襲いかかるのを見たとき、日本と朝鮮のあいだで自分を引き裂くものが、なお大きくなまなましく自分の方にその強い力で迫ってくる姿をみた。こうして小林勝は、そういうものと不断にたたかいつづける運動への参与の道が彼の前にひらかれていることを知り、そこに身を投じていったのではないか。

ここには、金時鐘が自分の詩精神を表すものとして最近よく用いる「投壜通信」ということばを想い起こさせる、独特な「意識体」の姿がある。大海に投じられた壜の中の一枚の紙、そこに書かれたことばのように、たれかにいつか確かに届くであろうと念ずる、その思いを深くもって、詩人金時鐘は「意識体」の全身をはりつめ、「対関係」のせめぎ合いの中から紡ぎだしたことばを発信する。一方小林勝は、二〇歳代の半ばに日本の首都のど真ん中でおこなわれた朝鮮戦争反対のデモで火炎瓶を投じて捕まったが、その後、作家となり、日本人とその社会の「朝鮮にたいする感度が何も変わらない」ことへの憤りをくりかえし語り、また日本と朝鮮のあいだで引き裂かれる日本人と朝鮮人の姿を描きつづける、その道の半ばで若死にした（一九七一年、四三歳で逝去）。

「対関係」と「投壜通信」の精神において、両者はひびきあう。その精神をいま現在のぼくらがどうリレーしていくのかが、つぎに問われてくる。

Ⅲ　資料編

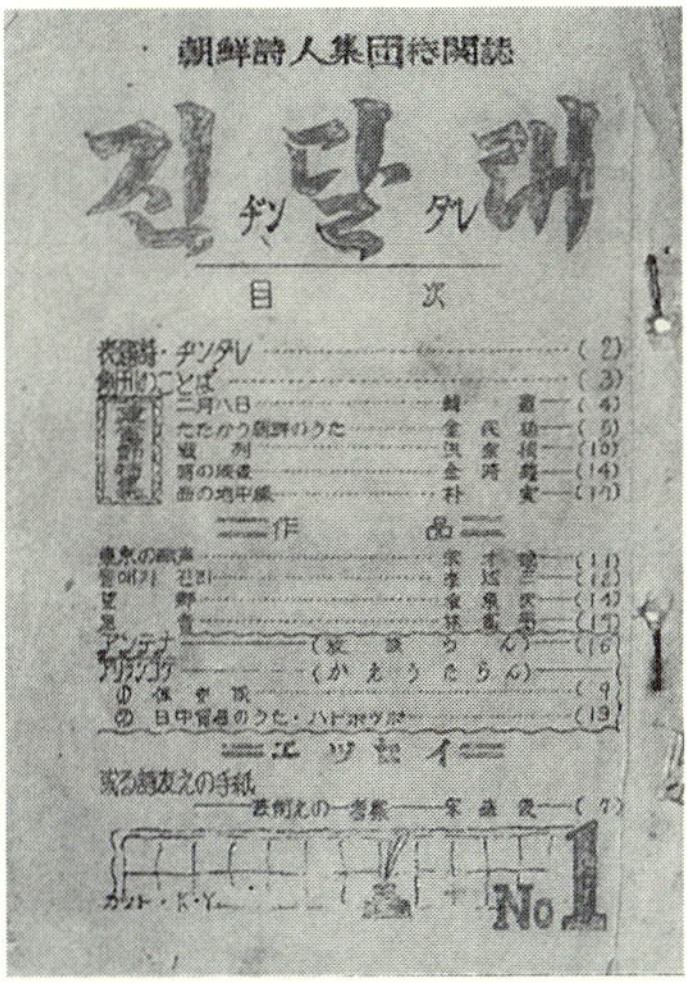

『ヂンダレ』の表紙。右は第１号、左は第８号。第８号の表紙には、当時発行されていた在日朝鮮人のサークル誌が描かれている。

解題

この第Ⅲ部には、『ヂンダレ』『カリオン』および当時の詩誌（『樹木と果実』『現代詩』）から、詩作品および評論を再録した。

(1)『**ヂンダレ**』『**カリオン**』**創刊の辞**には、『ヂンダレ』第一号所載の**表題詩「ヂンダレ」**と**朝鮮詩人集団「創刊のことば」**、そして『カリオン』第一号所載の**グループ・カリオンの会「創刊にさいして」**を収めた。いずれも金時鐘の手に成ったものである。

(2)『**ヂンダレ**』『**カリオン**』**詩作品抄**には、本書第Ⅰ部・第Ⅱ部で言及されている詩作品を中心として、『ヂンダレ』『カリオン』所載の詩作品を再録した。『ヂンダレ』『カリオン』には再録に値する詩作品がほかにも数多く掲載されているが、紙幅の制約もあり、本書を理解していただくのに必要な範囲の作品を再録するにとどめざるをえなかった。作品の配列は、『ヂンダレ』『カリオン』に掲載された順となっているが、同じ詩人の作品を二編採った場合には二編目は一編目の次に配列して詩人ごとにまとめるかたちとした。

ここに作品を再録した詩人たちのうちでは、金時鐘（一九二九年生まれ）のほか、朴実（一九三一年生まれ）・洪允杓（初名宗根、一九三二年生まれ）・権敬沢（筆名金民植・権東沢、生年未詳）が『ヂンダレ』創刊以来の重要メンバーであるが、創刊当時権敬沢以外の三人は日本共産党の党籍をもつ活動家であった。なお、このうちの洪允杓は、後述する論争のなかで金時鐘と立場を異にしていき最終的には『カリオン』創刊の際に袂を分かつことになる重要な存在である。

第三号から参加した李静子（一九二〇年代後半生まれ）は、早くから詩作をしていた『ヂンダレ』を代表する女性詩人であり、第一三号から参加した趙三竜（一九二四年生まれ）は、浜田知章の『山河』（第二次）にも加わっていた大阪文学学校出身の詩人である。鄭仁（一九三一年生まれ）は第七号から参加して第一〇号から第一八号まで編集を担当し、梁正雄（筆名梁石日、一九三六年生まれ、『ヂンダレ』の最年少会員の一人）は第一五号から参加して第一九号・第二〇号で編集を担当した。現在最も多くの読者を持つ在日朝鮮人作家である梁石日は、当時は詩人であり、彼が「石日」という筆名を用い始めたのも詩誌『ヂンダレ』の第二〇号においてであった。なお、梁元植・金希球の二人については、本書二二～二三、七三頁に記されている程度のことしか今はわからない。

(3) **評論再録——『ヂンダレ』論争とその周辺**には、いわゆる「ヂンダレ論争」（この表現は『ヂンダレ』第二〇号の「編集後記」〔鄭仁〕や『カリオン』創刊号の「創刊にさいして」〔金時鐘〕などに見える）に関係する評論のうちの主要なものを再録した。

『ヂンダレ』論争の背景には、一九五五年五月における民戦（在日朝鮮統一民主戦線）から総連（在日本朝鮮人総連合会）への左派在日朝鮮人運動の路線転換がある。この路線転換にともなって左派在日朝鮮人運動が朝鮮民主主義人民共和国と直結するかたちに再編されたことにより、詩運動という局面では〈朝鮮人は朝鮮語で祖国を歌うべきである〉とされるようになり、日本語で在日の現実を描く作品の比重が大きかった『ヂンダレ』は、路線転換前の旧態の象徴として、民族的主体性を喪失している、民族虚無主義に陥っている、といった批判を受けることになった。

『ヂンダレ』に掲載されたこの論争と関わりの深いテキストとしては、次のようなものを挙げることができる。まず、自分たちを取りまく日本の社会の矛盾を批判的に描き出すことの重要性を強調した**鄭仁**の詩論**「足立詩人集団御中」**（第一三号、一九五五年一〇月）と、それに対する組織活動家**宋益俊**からの批判**「詩の在り方をめぐつて―鄭仁君への反論―」**（第一四号、一九五五年一二月）。次に、一九五五年一二月に金時鐘の第一詩集『地平線』（ヂンダレ発行所）が発行されたのをうけて、「朝鮮民主主義人民共和国公民としての矜持を与へられている時、流民の記憶につながる一切のブルジョワ思想が私たちの周辺から一掃されねばなら」ないにもかかわらず、『地平線』の「作品群の底に流れているのは流民の記憶から脱しきれない詩人の感性であ」ると批判的に評した**洪允杓「流民の記憶について―詩集「地平線」の読後感より―」**（第一五号、一九五六年五月）と、それに対する**金時鐘**の応答**「私の作品の場と「流民の記憶」」**（第一六号、一九五六年八月）。そして、路線転換後の民族組織による政治的教条の押しつけに抗って、「詩を書くということと、愛国詩を書くということとは、まつたくもつて関係がない。……「在日」という特殊性は、祖国とはおのずから違つた創作上の方法論」を要求する、と論じた**金時鐘**の評論**「盲と蛇の押問答―意識の定型化と詩を中心に―」**（第一八号、一九五七年七月）および彼の詩作品**「ロポット[ママ]の手記」**（第一七号、一九五七年二月）・**「大阪総連」**（第一八号、一九五七年七月）。さらには、**鄭仁**の**「一年の集約」**（第一八号、一九五七年七月）・**「逃亡と攻撃」**（第二〇号、一九五八年一〇月）や、**趙三竜**の**「定型化された意識と詩について」**（第一九号、一九五七年一一月）など。まとめるなら、『ヂンダレ』論争は、宋益俊による鄭仁批判を前兆として始まり、『ヂンダレ』内部では洪允杓と金時鐘の間の「流民の記憶」をめぐる論争として顕在化してきて、さらには金時鐘の「盲と蛇の押問答」を契機として民族組織と金時鐘の全面対決に発展した、と整理できるだろう。

本書には、『ヂンダレ』に掲載されたこの論争に関わる評論のうちの主要な三編（洪允杓「流民の記憶について」、金時鐘「私の作品の場と「流民の記憶」」、金時鐘「盲と蛇の押問答」）と、同時期に他誌に掲載された重要な評論である**鄭仁「朝鮮人が日本語で詩を書いて〔い〕ることについて――「ヂンダレ」創作上の問題――」**（『樹木と果実』、一九五六年九月）と**金時鐘「第二世文学論――若き朝鮮詩人の痛み――」**（『現代詩』、一九五八年六月）を再録した。

『カリオン』は、『ヂンダレ』がこのような対立のなかで実質的に強制解散させられてしまったのちに、金時鐘の表現を借りるなら『ヂンダレ』の「残党」三人によって創刊された。創刊メンバーは金時鐘・鄭仁・梁石日の三人で、第一号所載の**グループ・カリオンの会「創刊にさいして」**（本書所収）は、その時点でのこの論争の総括であると同時に新たな出発点の確認でもある。『カリオン』所載の作品のうちこの論争の文脈で最も重要なのは**梁石日**の許南麒批判**「方法以前の抒情――許南麒の作品について――」**（第二号、一九五九年一一月）であるが、この評論は『ユリイカ』第三二巻第一五号（青土社、二〇〇〇年一二月、「梁石日」特集号）に再録されているので、ここでは**梁石日**が『カリオン』の仲間たちにも言及しつつより積極的に自らの立場を展開している別の評論**「海底から見える太陽――日本の中の朝鮮」**（『現代詩』、一九六〇年五月）を再録した。

（宇野田　尚哉）

『ヂンダレ』『カリオン』創刊の辞

ヂンダレ

ヂンダレは　美しいよ、
やさしくて、きれいな花、
赤い赤い　燃えるような花だよ、

祖国の野には　沢山咲いているよ、
焼けた山にも、枯れた川辺にも、
けがれることなく　咲きほこつてるよ、

赤い赤い　ヂンダレの花、
黒い黒い　祖国の地肌に
赤く赤く　萌え出るのだよ、

踏まれても、しだかれても、
季節を忘れない　私のヂンダレ、
日本の地にも、この花の咲くのを　僕は見たよ。

※朝鮮の山野に　もつとも多く咲く花
　つゝぢの一種で、朝鮮の国花。

（『ヂンダレ』第一号／一九五三年二月、原文横書き）

創刊のことば

詩とは何か？　高度の知性を要するもののようで、どうも私達には手なれ難い。だが、難かしく考えすぎる必要はなさそうだ。最早私達は、喉元をついて出るこの言葉を、どうしようもない。

生のまゝの血塊のような怒り、しんそこ餓えきつたものの、〃メシ〃の一言に尽きるだろう。少くとも、夜鶯（ロシニヨル）でないことだけは事実だ、〔。〕私達は私達に即した、本当の歌を歌いたい。

曾つて、シヤトー・ドウ・コントの潔い溝の中で呻いていた、奴隷達の呻き声と、鉄鞭のうなりは、今日のこの世に、なほも強く、鳴り響いていやしないか？　いくど解放されても、なほ、新しい鉄柵は造られている。
　私達の書く詩が、詩でないならないでい、さ、百年もの、鞭の下に生きて来た私達だ、必らずや叫び声は、詩以上の真実を伝え得るだろう！　私達はもう、暗におびえている夜の子ではない。悲しみのために、アリランは歌はないだろう、涙を流すために、トラジは歌はないだろう。歌は歌詞の変革を告げている。
　さあ友よ、前進だ！　腕をくみ、高らかに不死鳥を歌い続けよう、この胸底の、ヂンダレを咲かし続けよう！
　朝鮮詩人集団　万才！
一九五三年二月七日　輝く建軍節を前にして
朝鮮詩人集団
（『ヂンダレ』第一号／一九五三年二月）

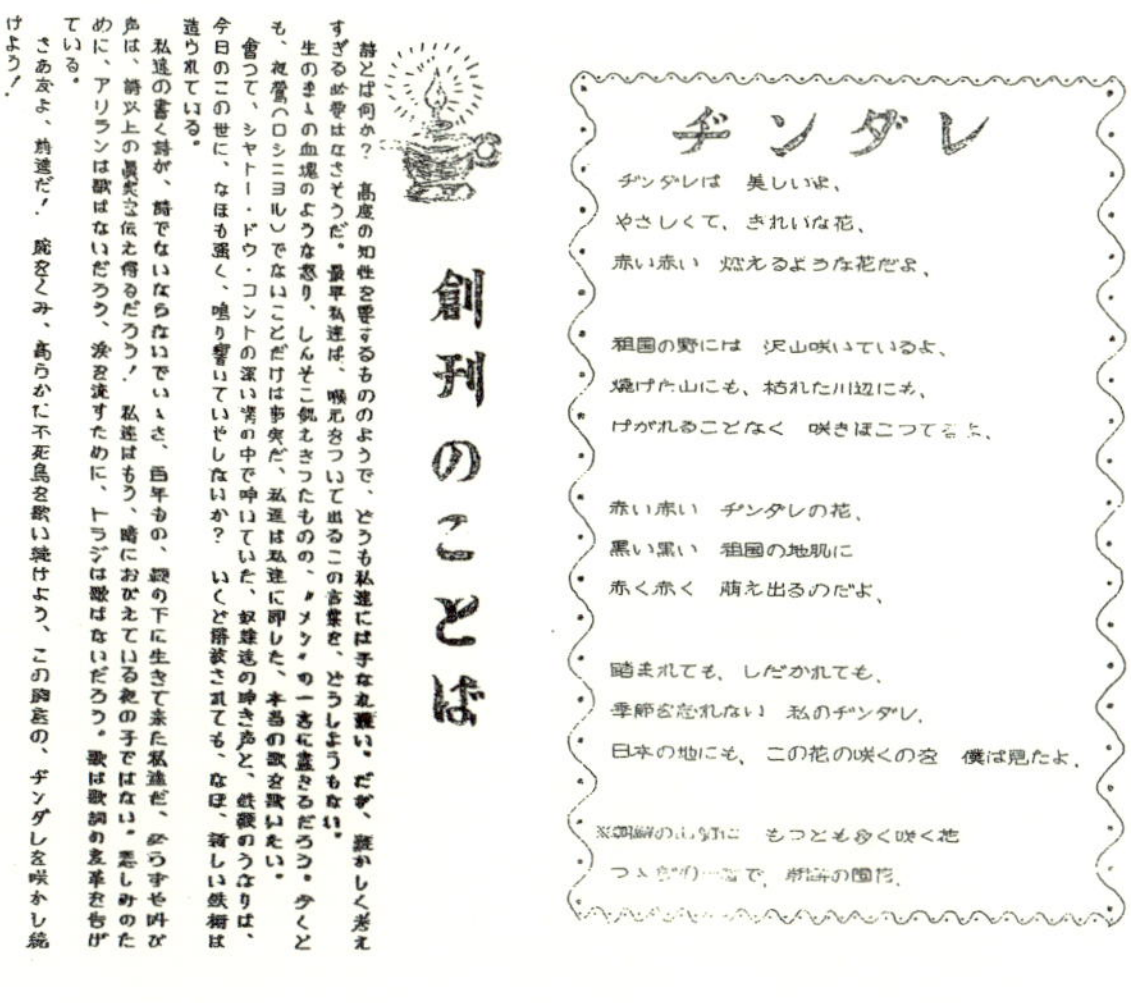
創刊のことば

詩とは何か？　高度の知性を要するもののようで、どうも私達には手な難い。だが、難かしく考えすぎる必要はなさそうだ。最早私達は、喉元をついて出るこの言葉を、どうしようもない。

生のまゝの血塊のような怒り、しんそこ飢えきつたものの、"メシ"の一言に盡きるだろう。少くとも、夜鶯（ロシニヨル）でないことだけは事実だ。私達は私達に即した、本当の歌を歌いたい。

曾つて、シヤトー・ドウ・コントの深い墻の中で呻いていた、奴隷達の呻き声と、鉄鎖のうなりは、今日のこの世に、なほも強く、鳴り響いていやしないか？　いくど解放されても、なほ、新しい鉄柵は造られている。

私達の書く詩が、詩でないならないでい、さ、百年もの、鞭の下に生きて来た私達だ、必らずや叫び声は、詩以上の真実を伝え得るだろう！　私達はもう、暗におびえている夜の子ではない。悲しみのために、アリランは歌はないだろう、涙を流すために、トラジは歌はないだろう。歌は歌詞の変革を告げている。

さあ友よ、前進だ！　腕をくみ、高らかに不死鳥を歌い続けよう、この胸底の、ヂンダレを咲かし続けよう！

朝鮮詩人集団　万才！

一九五三年二月七日　輝く建軍節を前にして
朝鮮詩人集団

ヂンダレ

ヂンダレは　美しいよ、
やさしくて、きれいな花、
赤い赤い　燃えるような花だよ、

祖国の野には　沢山咲いているよ、
焼けた山にも、枯れた川辺にも、
けがれることなく　咲きほこつてるよ、

赤い赤い　ヂンダレの花、
黒い黒い　祖国の地肌に
赤く赤く　萌え出るのだよ、

踏まれても、しだかれても、
季節を忘れない　私のヂンダレ、
日本の地にも、この花の咲くのを　僕は見たよ、

※朝鮮の山野に　もつとも多く咲く花
つゝじの一種で、朝鮮の国花。

—3—

創刊にさいして

まる六カ年にわたる「ヂンダレ」の活動にぼくたちは去る二月終止符を打つたばかりだ。労多くして報いの少なかつたこの期間の日一日に、ぼくたちは心からの哀惜と痛恨の情をもつて、ここに新しい仕事の出発を期そうとしている。その出発地点になるものは偶然なものではなく、かつて大阪において詩誌「ヂンダレ」が展開してきたさまざまな運動の止揚としての地点である。詩誌「ヂンダレ」が印してきた運動の足跡は、その是非にかかわらず、今日在日朝鮮人文学運動に貴重な教訓を残した。

詩誌「ヂンダレ」は、一九五三年祖国解放戦争の後期、当時在日朝鮮人運動の拠点であった大阪において抵抗詩人グループとして出発したのであつた。当時の事情をみると、在日朝鮮人運動は日本革命の一翼として、いわゆる三反斗争（反米、反李承晩、反吉田）という極左的偏向をおかしながら、もつとも熾烈な斗争を展開していた時期であつた。ために抵抗詩人グループと呼ばれた詩誌「ヂンダレ」にも政治主義が前面におし出され、政治と文学の関係において党派性文学のもつ主体性の確固としたものではなく、つまり、「同人誌」とも「サークル誌」ともつかぬ形で政治主義と野合し、これにおもねた形で運動がなされた。そのかぎりでは政治主義者たちにある種の満足を与えた。だが政治主義と野合した詩の運命がいかなるものであるかは、もつとも恥す〔ず〕べきスローガン詩へと帰着したいくたの事例が証明している。この不運をもつとも過酷に受けとめていたのは、地方政治主義に塗りつぶされた「ヂンダレ」の人々であつたことはいうまでもない。抵抗詩人グループという栄誉ある幻影におびやかされながら、彼らが漸次「方法」意識にめざめていつたその経緯は今から考えると随分茶番じみているが、当時の事情にあつてはそれはある種の決意と勇気を要するものであつた。

後に、この新しい問題提起は在日朝鮮人運動の路線転換という歴史的事件を背景にして、「ヂンダレ論争」という明確な形となつてあらわれたのである。在日朝鮮人運動の路線が転換され正しい方向が決定づけられたとはいえ、一部の政治主義者たちがまつたく影をひそめたとはいえない。そればかりか革命の主体をもつて任じるこれらの人々にとつて、政治と文学の関係はなお一そう嫉妬すべき状態にすらあるのだ。社会主義リアリズムという一般概念におっかぶさり、その安全地帯に息づいている保守主義者、教条主義〔者〕、図式主義者たちに新しい問題を提起しながら、鋭く対決し、そのための前衛運動をぼくたちは工作し支持する。

　文学の創造という課題を通じて精神形成の途上にある新しい発言等を「主体性喪失」の一言で、あたかもそれが反祖国的言動であるかのようになで斬りにしてかえり見ない政治主義者たちに、ぼくたちはあくまでも対立する。ぼくたちはこの新しい問題提起を「カリオン」によつて展開してゆくだろう。同人たちの問題意識を相互にぶつかりあわせながら、革命的な「方法」へ近づいてゆくための相互批判をおろそかにはしないだろう。ぼくたちは再び誤ちをくりかえしたくない。政治主義に無批判にひきずられていつた自己を嫌悪する余り、「朝鮮人」という自意識をも曖昧なものにした一時期のヂンダレに対しても、ぼくたちは冷厳な批判の刃をくだしている。祖国への帰還問題が現実の問題となつている今日、ことさらのようなこの創刊に対して同胞大衆は決して生易しい受取りかたはして下さらないだろう。その要因の何たるかは別として、ぼくたち自からがその誤解の危惧性《ママ》を重々認めるものである。だがいつかは、ぼくたちのこの仕事が将来の朝鮮文学にとつて一つの捨石となつて生きることを信じて疑わない。

　社会主義国家建設にばく進している祖国、朝鮮民主主義人民共和国の革命的事業の一切の成功を「カリオン」は念願する。

一九五九年六月

グループ「カリオンの会」一同

（『カリオン』第一号／一九五九年六月）

『ヂンダレ』『カリオン』詩作品抄

朴　実

西の地平線

おう、夕陽だ
誰かゞ叫んだ
一せいに、トンムらの顔が
車窓を通して、西の空に注がれた
ドロ〳〵に焼けたゞれた
夕陽が　トンムらの顔を
　赤々と照らし
　バラ色に彩つた

おれたちは
今日の感激も消えさらぬ、まなこで
夕陽を見た
今日二月八日、おれたちは
生駒山上に、連峯をのぞんで
遥かな大地に
　想いをはせ
人民の子らに
　祝福を送つた、その同じまなこで
夕陽を見た
火ばしるまなこで
地平線を見つめた

天と地が一色に溶けあつたような
西の地平線
そこは何処になるんだろう
雪にうもれ、血にそまつた
　三千里の山河なのかも知れない
土足に踏みにじられている

ジ《ママ》ンダレの花咲く故郷なのかも知れない
戦車と鉄条網に、がんじがらめに縛られた
　島々なのかも知れない
いや、きつとそうに違いない
そんな世界の一隅え
夕陽は落ちていく

そんな世界の一隅を
夕陽は
何物をも燃焼しつくしてやまぬように
噴きあげられた原爆のように
　睥睨し
　威嚇しながら、落ちていく
どす黒い雲が
幾重にもかさなりあつて
おゝいかぶさつていく

いつしか、地平線は
夜のしじまの中え
　没してしまつた
もう、祖国の山河も
ジ《ママ》ンダレの花園も
そして島々も
　見えなくなつた

だがお前たちは
闇の中でも
　うごめくことをやめようとしない
　歌うことをやめようとしない
たとえ　暗黒と火焔が
この地上をなめつくそうとも
やがて東の空に
金色の雲に　おし抱かれて輝く
美しい太陽の歌を
お前たちは声もなく歌う
そうだ、西の地平線よ
おれたちもその歌を
心をこめて歌おう

夜のしじまをけ破つて
おれたちを　乗せた電車は
わき目もふらずにつゝ走つた

（『ヂンダレ』第一号／一九五三年二月）

梁元植

こ奴　お前　やっぱり　俺の弟だ

お前と俺は
一つの腹の中から生れた
だのに
大変仲の良くない兄弟だつた
兄貴の俺が　左を向けば
弟のお前は　右を向き
　俺が　赤だと　云えば
お前は　白だと云うた。
お前は
　兄貴が　首切り反対の斗いで
　　鉄窓につながれた時も
烈しい斗いで
　病に仆れた時も
兄貴の　云うこと　なすことを
きらつたお前は
嘲笑い
弟のお前は　面会も　見舞いにも
来やしなかつた。

だが　お前　どうした　はずみだ
二回目の六・二五の斗いに
まぎれ込み
えらい　あばれたと　いう
ひつつかまれたと　いう
何も　しやべらないと　いう
　こ奴　お前
　兄貴を　驚かすで
　こ奴　弟のお前
　どうしたということだ。
ブタ箱から帰つた　お前
ベツドの兄貴を訪ねてきて
兄貴の　青白い　やせ細つた手を
ギユツーと握る
「兄貴！　元気か！」
ニキビ面《ヅラ》の目を　ほそめて
へへツと笑つてみせるお前

こ奴　お前

やつぱり　俺の弟だ。
（『ヂンダレ』第四号／一九五三年九月）

金希球

大阪の街角

なにごとも　ないといふのに
木の葉が　一つ　二つ　と落ちてくる
暮方の大阪の街角………

ゴミ箱の中に頭をかがめた
バーサンの　白髪がちゞれ
うら寒い　軒下にゆれている

荒れきつた　細い掌《テ》に
箱の奥からつかみ取つた
ひとかたまりの　紙屑とボロギレ

しばし　車にうつ伏せた
バーサンの　しは〔わ〕だらけの首筋が
バネの様にはねかへつた
しは〔わ〕ぐちやにまるめられた
紙片れ　一枚
バーサンの　荒れ果てた
掌の上にひろがる
いすくめる　深いまなこの果てにひろがる

誰が裂いたのか　捨てたのか
街角のゴミ箱に
　破れかけの　古い朝鮮地図！

バーサンは　ほこりをはらひ
地図を　幾重にも折りたゝむ
ソウーッと　車のわきの
弁当袋へ　しのばせた

なにごとも　なかつたかの様に………

表通りは　電車の白い灯《アカ》り
裏道は軒下のわびしい灯り
バーサンの　日焼けた赤い顔は

ほんのりと　暖かいぬくもりがはしる

ガラガラ　コロコロガラガラ………
紙屑ひらいの　傾むいた車のきしり
夕暮れの淡いとぼ《ママ》りの彼方に
つぎだらけの　モンペをはいた
　バーサンの影は　小さく
　　しだいに　遠くへうすれていつた。

　ガラガラ　コロコロガラガラ………

なんでもない
たゞ　それだけの事だつた
本当に　それだけの事だつた

木の葉が　一つ　二つ　と落ちてくる
暮方の　大阪の街角………。
（『ヂンダレ』第五号／一九五三年一二月）

李静子

帽子のうた

嫁に来る時
一諸〔緒〕に来た青い毛糸の帽子よ。
一度強い風の音を聞いて以来
暗がりでナフタリンと暮らす帽子よ

お前は
若い嫁の髪の匂ひをかぐな

お前は
若い嫁の心のたのしさをしるな

お前は
風に触れる喜びをうたうな

お前は
新しい太陽の光りを恋しがるな

お前は
自由な大気を吸おうと思うな
お前は
すべて美しく飛び交うものを見るな
お前は
嫁に来た帽子である事を忘れる時

お前はその時
本当の風の匂ひがわかる

お前は　その時
此の世のすべての色分けが出来る

お前は　その時
のどをふくらまして自分の歌を歌えるのだ

お前は　その時
風の音より強いひゞきで歌えるのだ

お前は　その時
自分の姿も嫁の心も知る事が出来るのだ

嫁に来る時
一諸《〔緒〕》に来た青い毛糸の帽子よ

ナフタリンの匂ひの中で
さあ覚悟はよいか――。

（『ヂンダレ』六号／一九五四年二月）

涙の谷

わたしは熱い乳房に両手を当てがう
それは
妻として
母として
嫁として
すべて女の身の熱い泉の源

わたしは　熱い乳房に両手をのせた
それは

夫や
子供や
姑に対して
又　すべての感情の泉をつくる
深い深い涙の谷間をつくる

わたしは思う
かつて母親が
ゆりかごのかげで
子守唄をうたいながら
深い谷間からせき上げる
熱い涙を　両手でおおつた事を――。

母親の胸をしめつけ
嗚咽をしのばせて
まだせき上げる
熱い泉の谷よ
お前は
女の一生を洗ひ去れるのか
生きる希みをも拭ひ去れるのか

わたしの熱い乳房にかこまれた
深い谷間よ
せき上ぐる熱い泉よ
若い母親の生命を目覚めさせておくれ
わたしの魂を蘇みがえらせておくれ。

(『ヂンダレ』一五号／一九五六年五月)

権敬沢

地下足袋

知つているか。
大阪駅前、
ここは、昔、海だつた。

シャベルを、つきたて、つきたて、
十メートルも掘れば、
古代の貝殻が五二年夏の光を浴びる。

工事完成。
俺達、土方の仕事は終り、

仲間は仕事を求めて、東西に別れて散つた。

ワイヤーが切れ
落下する鉄骨に
頭を粉砕されたAよ
さらばだ。

たちまち鉄骨が組まれ
セメントの泥をぶちこみ
空高く鉄骨がそそり立つ。

灼熱した火のリベットが
固い小さな鉄の肺となつて
赤錆だらけの工事現場に乱れ飛ぶ。

鉄をうつ音、むしる音、はげしくひびき、
天にある雲の形も崩れる。

ビルディングの尖塔にのどかな旗ひるがえり
蛍光燈きらめくのもみるみるうちだ。

知つているか。

新築ビルディングの底に
古代の貝殻の中に
俺の破れた地下足袋が埋めてある。

（『ヂンダレ』第一三号／一九五五年一〇月）

めぐりあい

ほとびてしまつた風景
ゆううつな雨の季節
その短かい晴れ間に
忘れかけた窓を半分あけて
大阪の空をながめる。
ごうかいな虹
きらつと光るものをあなたは売つた。
空はよごれはじめ
よごれた時計は短針をうしなつて
今もあなたの腕で時をきざんでいる。
銀のひびきなどきこえて
夜どおし愛しあつたのは
あれは幻影か
泉は涸れ

さらされた小鳥の骨がちらばつている。
夜あけには
透明な空と
荒れる海を求めて
私はこの土地をはなれる
生れ　育つた大阪と別れるのだ
この足で　初めて祖国の土を踏むのだ。
異国で生れ　育つた記憶は
綿につつんだ針
胸のところで生きている。
心のこりはあなたの未来
扉はどこにあるのだろう
鍵をうしなつてはいないだろうか。
天が破れ
雨が砕ける
私の内部に棲みついたあなたの分身
小人の群が血まみれになつて
いつせいに水たまりにとびこみはじめる。

（『カリオン』二号／一九五九年一一月）

鄭　仁

自動車耐久レース

フランス　ル　マンの街
自動車耐久レースの真最中だ。
秒の間をすり抜け
チャンピオンへと流れる自動車は
もはや独立した意志だ。
欧州の二十五万の観衆を支配してあきたらず
日本の観客の眼を奪い
口を奪い
私までを支配しようとする。

一九五五年六月の映画館で
流動感は
あざやかに私を引きずり
ゴールへと突走る。
ジャガーにオースチンそしてメルチェデス。
もう私は
ニュース映画を　眺めているのではない。

突然。
画面一ぱいに
クロズアップしたメルチェデスが
オースチンにぶつかり
斜めに突走って画面を破った。
私の眼に
火がついたのだ。
腐蝕していた脳は胃袋にめり込んだに違いない。
競技のさなかの
惨殺の場面。
初夏の太陽は
太古そのまゝに死体を照らしている。
うめき声が二重になって
私は私の荒らされた街を聞いていた。

競技再開。
『記録』が何んの証しになると云うのか。
非常の流動感は
キーンと飛ぶ。飛ぶ。
まるで流星だ。

（『ヂンダレ』第一四号／一九五五年一二月）
（『生活と文学』第二巻第五号／一九五六年五月に転載）

街

時間を喰いつめた
日曜日。
手なれた　流暢なスタイルで
未知の　喫茶店に
まぎれこんだ。
森は暮れなずんで
湿地帯は　太古のまゝ。
私は全く不意に
記憶の音色を
聞いた。
見知らぬ　小鳥が一羽。
私を
みつめている。

思いだせないまゝ
コーヒ《ママ》を注文したが

自信ありげな
親しさは
私を不安にする。
ひざにとまつたり
頭にとびのつては、顔色をうかがつたりしてさかん
に愛敬をふりまき。
時には
何気ない素早さで
私の夜にまで
くちばしをいれる。

遠い海鳴りのように
胃のうずきが　よみがえつてくる。
私は不覚にも
コーヒ《ママ》茶碗を取り落した。
鉄格子の彼方に
住みついた　小鳥。
本能は　たしかだ。
『可愛いでしよう！』
マダムは　首をすくめて　えんぜんと
笑う。

傾斜する
三角形の街で、
私の自尊心は
一匹の馬。
復讐を誓う　私は
気弱な　下士官だ。

（『ヂンダレ』一八号／一九五七年七月）

洪允杓

鳩と空席

八月の夕暮
黄色いカンナの花に囲まれて
私は待つていた
遠い雲の間を縫つて
広島の空から
私の鳩がもどつてきた

もどつてきた私の鳩の
ひとつの目玉はくり抜かれ
そのあとに小さな空の椅子がはめ込まれてあつた
深い思いにとらわれてその空の椅子を取り除くと
ぼろぼろになつた人間コークスが
あとからもあとからも出てきた

それは
朝鮮の山野でナパーム弾に焼き殺された
私の同胞《はらから》だつた

そのひとりひとりを
私はカンナの傍へ
埋めた

ノーモア　ヒロシマ
ノーモア　ナガサキ
(拒絶されたもうひとつのノーモア〔二〕

傷ついた私の鳩を
私のなかの
鳩舎に入れると
暮れなずんだ世界へ
ひとつの小さな目玉を探しに
私は旅立つた

(『ヂンダレ』一六号／一九五六年八月)

梁正雄

実験解剖学

おれは逃げる女の髪の毛を
鷲掴みして、その場に引き倒し
馬乗りになつた。
女は爪を立てて、わめくことと
泣くことしか知らず
それが今では習慣になつている。
女は今よりも未来よりも
過去を愛した。
おれは過去よりも未来よりも

今を愛した。

おれは女の髪の毛の一本一本
手首、両脚、肋骨を
壁に釘ず[づ]けしたま丶外出した。
日暮れまでそのまま放つて置くと
女は自ら髪をもぎり
肉のちぎれるのもかまわず
釘を引き抜き体中血みどろになつて
食物を漁つた。
おれはようやく
遊びにも厭きて帰宅すると
青ざめて寝ている女の股の肉を
えぐり取つて食べるのだ。

或る日
おれの女が産み落としたのは
背中と背中がくつついた
双子の奇型児だつた。
女は声もたてずに
失神してしまつたが
おれは錆ついたメスをとり
消毒もせず、マスクもなしに
手術を始めることにした。
おれは赤子を逆さに釣り揚げ
やわらかい尾骨にメスをあてると
そこからぬくみのある過去の血が
おもむろに流れだした。
おれは吐き気におそわれ
霞んでゆく脂肪のかたまりを
意識しながら中断した。

鏡に照らしだされた
おれの肉体の肺よりのぞいている
一匹の回虫。
おれは静かにメスをにぎると
胸部から少しづつ力を入れて
粘液のような胃袋を
切り開らいてゆく。
その底に沈積して酸液を流している
得体の知れない物体。
おれはそれを食べて見る。
黄色い液が食道を通過して
ふたたび沈積する。

おれは時と不消化の重みを
意識しながら歩きだす。
かすかに蘇える意志にせかされて
おれは胃や腸をぶらさげたまま
赤子の背中をいま一度
遮断し始めた。

（『ヂンダレ』一八号／一九五七年七月）

金時鐘

わが性わが命

白亜紀の最後を
そんなりおし包んでいる
氷山はないか!?
断絶の間際に張りつめた
恐竜の脳波が採りたい。
忽然と一切の種族を断つた
この潔癖なるものの臨終にも
求心性ボツ起神経は働いたかどうかを
ぼくは知りたい。

視界をよぎつて
うねりにくねる
一頭の鯨。

今しも
脇腹の脂肪をつらぬいて
銛の弾頭が炸裂したところだ。

四肢も
表情も
二千万年の生存に代えた
この生の権化が
くるりとゴム質のまつ白い腹を見せて
みすみすぼくの眼底に漂着するまで——。

ピーン
と張つたロープに
永劫
小刻みにうつ血してゆくのは
義兄の金だ。
二十六の生涯を
祖国に賭けた

四肢が
脱糞までの硬直にいやが上にもふくれあがる。
〝えーい！目ざわりな！〟
軍政府特別許可の日本刀が
予科練あがりの特警隊長の頭上で弧を描いたとき
義兄は世界につながるぼくの恋人に変つていた。
削がれた陰茎の傷口から
そうだ。ぼくは見てはならない恋人の初潮を見てし
　まつたのだ。
ガス室を出たての
上気したアンネの股間にたれこめた霧。
ずり落ちたバジの上に点々としゅんで
済州島特有の
生あたたかい季節雨に溶けこんでいた。

吊つた男よ。
吊られた男の
性ボツ起の
何が
目ざわりだつたのか⁉
通常
生きることの
生命とは
また別の
生き抜く生命に
おびえてた
お前の
お前は
そこにいなかつたか⁉
悶絶の果てに
丈余の一物を
むきだし
極南の氷海に
あお向いている
おお
鯨よ！
嗚咽のない君の死を
ぼくはなんと呼ぶべきだろう
すべてが
静寂と
歓声と
哄笑の中で
人はただ
その終焉だけを見とどけてきたのだ。

今しも
腹部に踊り上がつた男が
ぼくの眼底で
まず切り落としたのは
それだ!
〝油にもならねえ!〟
大音響とともに
氷山が揺れ動く極地で
熱い血を通よわせた
生の使者が
今
蝟集する
数百億の
プランクトンの
景観のまつただ中に
帰る。

※バジ=木綿製の腰口と裾の広い朝鮮ズボン

(『カリオン』二号/一九五九年一一月)

趙三竜

捨てられた言葉について—K君に—

詩を書けと云う
絶対に書けと云う
君の言葉が
心にしみこんで　消えない

私は
捨てられた
言葉について思う

戦の隊列が
崩れた時
もつれあいながら　散らばった
生々しい
血の色をした言葉

万雷の拍手の波に
もまれながら

満堂にこだました
勇ましい言葉

トーチカの
部厚い壁に
撃ちこまれて
はねかえり
草むらにつきささって
錆びついた
銃弾のような
むなしい言葉

帰国列車が
発車するまぎわの
プラット・フォームの
歓呼の嵐の中で
身もだえ　ぬれていた言葉

二十歳の冬
やせほそった手を
私の手にからませ
愛していると言い残して

死んだ人の
遺骨を　拾った時のように

捨てられた言葉を
拾い集めようと
ジエット機に乗る

非武装地帯の
草むらは
雪におおわれて凍てつき
パワーシヨベルも歯が立たない

思わずおちた
一雫の涙のあとに
ボッカリあいた
小さな　孔から
黒こげの言葉がしがみついて来た

君は　詩を書けと言い
私も　書こうと思う
ちりぢりに　散らばり
傷つき　錆びついた

言葉を拾い集めて
君と私の心に——

（『カリオン』三号／一九六二年二月）

評論再録——『ヂンダレ』論争とその周辺

流民の記憶について
——詩集「地平線」の読後感より——

洪允杓

数少い在日朝鮮人の詩の書き手たちの中から、金時鐘が詩集「地平線」を発行した仕事に、先づ私は敬意を表したい。今迄在日朝鮮人の詩人の名を挙げる時、許南麒の名を挙げて彼に終つてしまう程、私たちの周辺では詩を書かなさすぎた。こんな時、金時鐘が詩集「地平線」を刊行した事は、これからの詩の書き手たちに大きな勇気を与える事だろう。そうした意味では金時鐘は在日朝鮮人の詩運動に一つのポジシヨンをしるした事になるし、詩集「地平線」を究明していく事が在日朝鮮人の詩の今日的な課題につながるものと思われる。ここで書きたい事も、私が今日的な課題につながりたい為であり、同世代の詩を書く人間として感じとつた問題点でもある。

「地平線」で金時鐘は、その詩の素材を祖国の統一独立を念願する在日朝鮮人の斗いの場へ求めている。それは許南麒が在日朝鮮人の現実の場を素通りして、詩の素材を直接祖国に求めたのに反し、金時鐘が自身のたつている現実を見究めようとしながら、許南麒を乗りこえようとする意欲と姿勢であり、私が共感を感ずるのもこの問題の提起の仕方にである。しかし金時鐘は自身をそのように位置づけながら、尚詩の今日的な課題の程遠い地点でしか、私に問題を提出してくれなかつた。

詩の方法に於いて、金時鐘は社会主義リアリズムを指向しながらも、詩集「地平線」でその作品群の底に流れているのは流民の記憶から脱しきれない詩人の感性であつた。ここに詩人金時鐘の矛盾があり、解決しなければならない問題があるにも拘らず、金時鐘はその内部に流民的な抒情をいだいたまま、現代詩的な視野に立ち入ろうとしている。したがつてそこからは、私たち在日朝鮮人の詩の書き手たちや詩の読者が最も知りたい自己変革のプロセスをみせてくれない。解放されたとは云え、われわれ在日朝鮮人の日常生活は依然みじめであり、朝鮮民主主義人民共和国という新しい未来を約束されながらも、日本政府の一寸した処置にさえ鋭敏に反応せざるを得ない現実の中にあつて、ともすれば後向きの流民的な記憶に抱きすくめられないとは、誰が断言し得ようか？　ただここから脱し得る道は熾烈なまでの自己内部斗争だけがわれわれに新しい未来の展望を約束してくれるのである。つまり金時鐘は古いものの上へ新しいものを座らせたまゝ、その内部で対立物の斗争を行わずに、古い流民的な抒情と新しい進歩するイデオロギーとを妥協させたところに〔「しか」を脱するか〕彼の社会主義リアリズムの出発を見ないのである〔。〕

試みに祖国解放戦事《ママ》時期に歌つた作品群の中から、（ひぐらしの　歌）を読んでみよう。

青葉の　かげの
ひぐらしの　歌は
悲しい　悲しい　家郷への歌だよ

これは第一節だがその後節、詩人はわたしのくにのみどりは焼かれて、ひぐらし宿る青葉をナパーム弾で焼きはらつた侵略者に深い憎悪を歌つている。そこで又第四節が始まる。

青葉の　かげの
ひぐらしの　歌は
遠い　遠い　昔の歌だよ

今は死んだ　わたしの祖父《じい》が
ピリ笛　吹いて　あやしてくれた
まぶたの　おくの
わたしの　祖国《くに》だよ

青葉の　かげの
ひぐらしの　歌は
怒りが　怒りが　こもる歌なんだ

ここでこの詩は終つているが、ひぐらしの歌はナパーム弾で焼かれた悲しい家郷への歌であり、そしてそれは遠い昔の歌でもあつて、祖父が生きていた頃の日帝時代の流民の記憶であつたのだ。しかもこの茅蜩《ひぐらし》は、祖国が英雄的に戦つている解放戦争のさなかで近代的な大量殺人兵器をひつさげてきた侵略者に、古い流民の歌を歌いながら怒りを投げているのである。恐らく宿を失つたひぐらしは金時鐘に安住の地を見つけた事だろう。もう存在理由のなくなつた筈の前世代的なあの朝鮮の哀調の韻は、この自己変革の斗争のない土壌へひそかに根をひろげていつているのである。こんな時詩人は祖国が自らのものとなる為には――

わたしをお忘れでない　あなたを信じて
わたしは　あなたの　息づきにまじわろう
誓いを　新たに　涙を新たに
わたしの血脈を　あなたのみ胸へ捧げよう

と、忘れているかいないかは金時鐘自身が一番よく知つている筈なのに、殊更にわたしをお忘れでないあなたを信じなければならないのである。つまり新しく変革されていく祖国が常に彼を記憶していないと、金時鐘は自らを見失つてしまうのである。ここでは金時鐘自身が祖国の一部分であるという能動的な位置ではなしに、変革されていく客体に順応しようとする主体の受動的な位置でしか自らを感知出来なくなつてしまつている。

　且《ママ》つて彼は私たちの周辺の一律的な怒号のスローガン詩を否定し、もつと多角的な対象への肉迫の一つの方法として、怒号に対するのにむしろつぶやきをもつてしたが、そのつぶやきも彼の云う爆発力の激〔凝〕り固つたつぶやきではなしに文字通りつぶやきと云う消極的なものに終つてしまつたのも、その底辺に変革が行われていないからだろう。それかあらぬか金時鐘の詩句は大変平易でうまい。又それ故に彼が民衆詩人としての所故もあるわけだが、何故かそのうまさは職人的なうまさに通じると感ずるのは私だけだろうか？　彼が如何に多角的に対象を歌い上げようとしても、そこから結果として生れるのはやはり類型的なものしかなくそして又、それは読者の持つ流民的な抒情に共感の場を求めようとする危険性さへはらんでいないか？

　そのうまさは自己の内部（底辺）に変革が行われていない為、小手先のうまさに終つてしまつて、結局は怒号のスローガン詩に見られる様な客体と主体との位置が平行線上を辿っていってしまっているのだ。変革され得る客体に能動的な主体を交錯させて、刻々に変化していく函数的な線上からあるべき可能性を導き出してくれない。ここに金時鐘が許南麒を乗りこえようとしたその意欲と姿勢に拘らず、私たちの前に詩の今日的な課題の程遠い地点でしかまみえない原因があるのである。

　このような執拗な流民的な抒情から金時鐘は一体どんな方法で脱していくのだろうか？

わたしは　あなたの　執拗な愛撫から
解きはなされたいと　希っている。

　これは詩集「地平線」の一番最後の作品であるが、「そのとてつもない抱擁力は、海も山もひとかかえにし、このわたしを、さかさに抱いて離さない」ものであり「このままではわたしはまた誰かを殺さねばならぬだろう、わたしはあまりにもあなたの愛で毒されすぎている」と歌いながら

わたしたちの　語らいは　もうあなたを必要とは
しないだろうから
あなたは　たゞ　わたしの詩稿でだけ　息づくが
いいのだ。

父と子を　割き
母と　わたしを　割き
わたしと　わたしを　割いた
『三十八度線』よ
あなたを　たゞの　紙の上の線に返してあげよう。

でこの作品（あなたは　もう　わたしを差配できない）が終っている。これがもし詩人金時鐘の内部変革のプロセスの一断面図とするなら、やはり私はそこにものたりなさを感ぜざるを得ないのである。「必要とはしないだろうから」と云う、だろうの持つ、あいまいさ無意志性から未だ「わたしとわたしを割いた」三八度線が詩稿で息づく事の出来る余地を与へられているのである。私たちは今、全民族的な仕事を挙げてこの三八度線撤廃の為に斗っているのに、希っているという観念的な所作だけで、「心のゆききに鑑札をもうけることはできない」と云う実践的な結果が生れてくるだろうか？　いやむしろその「わたしの詩」の中で、三八度線撤廃の斗いが

展開され、わたしとわたしを割いたものへの追求がおこなわれるべきだつた。その追求は同時に内部への追求でもあらねばならぬ筈である。そうする事に依つて、古いものと新しいものとの対立物の斗争の中から彼が指向する社会主義リアリズムの方法が導き出されねばならぬだろうし、その古い土台へ新しいものが交替されていかねばならないのである。

詩集「地平線」は金時鐘をこんな位置で私にみせてくれた。問題はやつと出発し始めたばかりである。民衆詩人としての秀れた素質を持つ金時鐘が今後如何に自己の変革をやり遂げ、社会主義詩人として成長するかは、そして在日朝鮮人の詩の今日的な課題の真只中へ踏み入つて来るかは今後に残された問題である。

それにしても詩集「地平線」は矛盾を矛盾として、私たち在日朝鮮人の詩の書き手たちにはっきりと提示してくれた。これが私がこの稿の最初に「地平線」を究明していく事が私たちの詩の今日的な課題につながる事と書いた所故である。金時鐘に代表されるこの位置こそ、実は私た〔に〕は在日朝鮮人の詩の現状であると私がここで書けば、過言になるだろうか？

私たちは今新しい時代に生きている。そしてその新しい時代にふさわしい詩の方法が確立されねばならないのだ。朝鮮民主主義人民共和国公民としての矜持を与へられている時、流民の記憶につながる一切のブルジョワ思想が私たちの周辺から一掃されねばならぬし〔 〕その為の熾烈な自己内部斗争が私たちの周辺からまき起らねばならぬだろう。その時にこそ、詩は宣伝、煽動の武器としての十二分な効用性をもつて私たちの隊列にたちもどる事だろう。

（『ヂンダレ』一五号／一九五六年五月）

私の作品の場と「流民の記憶」

金時鐘

自序

自分だけの　朝を
おまえは　欲してはならない。
照るところがあれば　くもるところがあるもの
だ。

崩れ去らぬ　地球の廻転をこそ
おまえは　信じていればいい。
陽は　おまえの　足下から昇つている。
それが　大きな　弧を描いて
その　うらはらの　おまえの足下から没してゆ
　くのだ。
行きつけないところに　地平があるものではな
　い。
おまえの立つている　その地点が地平だ。
まさに　地平だ。
遠く　影をのばして
傾いた夕日には　サヨナラをいわねばならない。
ま新しい　夜が待つている。

（詩集「地平線」より）

私は今、途方もない困難にぶつかつている。これから書こうとすることが、もし体のいい自己弁護であつたり、または十五号に組んでくれた私の研究特集に対する反論のための反論であつたりした場合、私は不遜のそしりを免れないだろう。その前にまず、読者はその必要性を無視してしまうだろう。何故なら、通常そこらの文学談義を交すにしては余りにも事は深刻すぎる。期待する読者があつて、私の小論を待つているとしたら、それは当然「流民の記憶」にまつわる金時鐘の創作体験であるはずだからだ。

私もそれ以外のことは必要としない。私がいさぎよく洪允杓君にシヤツポを脱いだのは、まさにこのことについてであつた。十五号における彼の指摘が、詩集〝地平線〟を理解する上に重要であつたというよりも金時鐘という詩をこころざす人間により必要であつたことが大事だつた。というのは、こと詩集〝地平線〟の解明に関する限り、洪允杓の見解は一つの側面しか捉えておらず、その主要命題である「流民の記憶」についても、その実証づけはおそまつなものでありすぎる。小野十三郎氏も、近著〝重油富士〟の跋文でふれておられるが、今日では片々たる一つ一つの抒情詩であつても、それが集まつて成つた詩集というものは、当然叙事詩的性格をおびるものであることは誰も否定できない。私もそういう見地から内容を二分して一冊の詩集とした。一の〝夜を希うもののうた〟は、日本的現実を重視した作品群であり、云いかえれば、日本語で作品活動をやつている外国人の、より日本文学的視野のものであり、二の〝さえぎられた愛の中で〟は、その外国人が日本語でやりうる、より朝鮮的なものであつた。にもかかわらず、洪允杓の論点は、一も二もつつこみで「流民の記憶」という最大公約数的命題を提出している。少くとも、この場合「二」は完全に無視されてしまつている。三角形の一辺を無視して、その底辺と頂点を測ることは、まちがつてないにしても正しくはない。こういうところから、正しい命題になつているはずの「流民の記憶」までが、洪允杓の直観的指摘におわるのだ。私の反撥はそこにある。「流民的記憶」というものを率直に認めながらも、その実証づけに至つては少からず不満である。「流民の記憶」を実証づけるのあまり、一ぺんの作品の何行かを、そのことのためにのみ主観的に結びつけることはいい気もちのものではない。特に〝あなたは　もう　わたしを差配できない〟の引用など、それが地理上の線——三八線——でなくて、作者の心の中に巣くつている反目の線であることをよく知つていながらも、それを実証づけるのあまり地理上の線におきかえたことは、今後の作品解明のためにも、心しなくてはならないことではなかろうか？洪允杓が本当に私の詩集から「今日的命題」を知りたかつたのなら、「二」からの解明よりも、むしろ「一」からの「流民的記憶」が欲しかつた。何故なら、私の作品の系列を線〔綿〕密に見るなら——見ないまでも——「一」に収められた作品の性質の方が、急速に固まつてきていることに気づくからだ。

　私は何も、洪允杓のあげ足をとろうというのではない。「二」に収められている作品ほどに、「流民の記憶」を露呈していない「一」の作品群の根底は何であるかを知りたいのだ。作品的にも新しい「一」の作品を究明することが、今日的金時鐘の基ばんを知ることになりはしないか？それがとりもなおさず、宿命論者のように引きずりまわしている「流民的記憶」の今日的移行の足どりではないのか？正直に云つて、私は今もつて「流民の記憶」の是非を論じかねている。それを振りきれないまでも、悪い面として感知している範囲内ですら、その理論的根きよに行きなやんでいる。確固とした先進的祖国をもつているものが、無批判に流民的情感を吐露することは許されていいはずがない。と云つて、「公民的矜持」をふりかざすほどには私の場合まだまだ生理化されてない祖国が存在している。こういうところから、私の姿勢が能動的な位置からでなしに、受動的な立場に立たされている主要な原因があるのだろう。それがとりもなおさず、創作上におけるコンプレックスとなつて、私の作品設置の場合、いつも自己をまだ意識されてない人間の一人として対置するのが常だつたわけだ。少くとも私の場合それが必要だつた。ただ「自己内部斗争」がなかつたで片ず〔づ〕けてしまうほどに事は単純でなかつたのだ。私は私なりでそうすることが自己内部斗争であつたし、それを通じてのみ同世代への働きかけがなされるものと信じていた。これはむしろ生理的な欲求ですらあつた。例えばこうだ。次に引用するのはある女教師からの手紙の抜萃であるが、

― 前略 ― 何時の頃からかは気付きませんけど、私は自分が〃朝鮮〃ということを聞くだけで、どこで何をしていてもピインと神経を張りつめるということを感じています。そしてヒフ的に日本的なものにしばられることから逃げようとして更に深みへゆき、〃朝鮮〃に近ず〔づ〕こうとして更に失つていく不安を感じています。私たちの学校（朝鮮学校のこと。筆者）で教員をしている現在もなお、いえ、むしろ深まつていきます。只、不勉強というだけではない。もつと違つたもの、例えば朝鮮の空の色と、土の肌ざわりを知らない〔。〕感傷的に云えば、心に故郷を持たぬ気がするのです。この放浪感は少とも私の心の中では出来うる限りでした。祖国の発展の認識よりも更に先行してしまつたし、現実的な課題としてより先に目ざめてしまいました。結局は〃日本語でなくては用を足せない畸型化された朝鮮青年〔〃〕（詩集〃地平線〃の跋文。筆者）の一人としてしか育ち得なかつた自身の問題が、どこで、どのように解決されねばならないか、又は、どこにその糸口を見つけ得るだろうかということにささやかながら悩んできました。ずつと前、また今でも、私の使うたどたどしい国語（朝鮮語・筆者）を母は〃パンチヨツパリマル（半日本人の言葉）〃と云つて笑います。たまに朝鮮服を着てみようものなら、〃まるで外国人が着たみたいに板につかない〃と友だちに笑われます。それをやはり背おわされてしまつた悲劇のように思うのです。そして、どうかすればそんなことにも気付かずに済んでしまうかも知れない私たち、若い在日朝鮮青年のもつ世代的な壁の厚みに力を失いそうになります。（傍点筆者）― 後略 ―

　私は長々と読者からの手紙を引用したが、これは私自身がもつている「流民的記憶」を正当つ〔づ〕けんが

ためのけちな量見[7]からではない。これは恐らく理屈抜きで認めなくてはならない、私たち在日下にいる若い世代の偽わらざる気もちであることを、確めなおす必要があつたからだ。私の結論から先に云えば、私たち各自がもつている「流民の記憶」を一掃するためには、そのことのために威丈高であるよりも、まず自己の「流民的記憶」を摘出するうずくまつた姿勢の方が先決問題だということだ。私たちは今だかつて、この地点からこのような問題を提起したこともないし、また論じたこともない。もし「流民の記憶」を引きずつているのが奴隷的古い人間像なら、なんとそれを克服している栄誉ある「はりこの虎」が、私たちの陣営には多いことか！私の場合、そのようなことに悩まない私であることの方が、より容易ですらある。その限りにおいて「流民的記憶」は抹殺されるべき主題ではなしに、むしろ新しく掘りおこされるべき焦眉の問題だとおもう。この私が非難されるべきは、「流民の記憶」を切り開けなかつたことにあるのであつて、それを引きずつていることにあるのではない。

　もし私の作品をそういう観点からだけ評価するのなら、詩集「一」の作品から同質の「流民の記憶」を引きずり出すことは、甚だ困難なことであろう。何故なら、そこには「二」にあふれているような朝鮮人的体臭―情感―は、はや影をひそめてしまつているからだ。日本的現実を重視したということが、朝鮮人金時鐘をなくしてしまつたことになるのだろうか？私はそうは思わない。そこにはちゃんと金時鐘が居るはずである。「流民の記憶」を最大の武器としている金時鐘が居るはずである。この私を私は究めなくてはならない。

　では何故、私は急速に「一」の方の系列に傾いてきているのだろう？　私は率直に自己の創作体験の一端を出してみたいとおもう。

　洪允杓の卓越した洞察力がかつ破しているとおり、私の作品の底流は「流民の記憶」である。これを私流に云えば、私の作品の発想の母体が、私の過去――にまつわる民族的な悲哀と結びついておこされている。私の手は濡れているのだ。水びたしにされた者のみがもつ敏感さで、いかなるび少な電流でさえ、私の手は素通りすることを拒む。例えそれが三ボルトそこらの電気作用であつても、私の手は本能的にそれを察知しおびえる。ここに私の主要な詩の発想の場がある。私が置かれている日本という現実

―　条件　―の中で、私が敢えて現代詩に参加しうる要素があるとしたら、私はこの民族的経験をおいて発言しうる何ものもない。日本の現実もようやくにして戦後十年を経過した。民生は一応おちついてはいるというものの、ますます増大しつつある原水爆の危機の中で、私たちの何人か[衍]が広島の悲劇は語りつくされたと云いきれるだろう?それだけならまだしも、彼ら被爆者の発言に顔をしかめている自分があるのではないか!?その被爆者たちの発言を圧さえつけている一部の勢力を容認している自分があるのではないか!?誰が過去を振りきつた形態の中で現実を創造しうるだけの実力を具えているとでもいうのだろう?「古いものの上へ新しいものを座らせた」ところに私の社会主義レアリズムの出発を見ないのではなくて、私の作品の場合、もともと社会主義レアリズムの出発がないのだ。それでいてなお、「古いものの中へ新しいものを導き入れる」ことによつてのみ、私は自分の社会主義レアリズムの出発がありうるものと信じている。私が現代詩に立ち入つているのは、社会主義レアリズムをひつさげてではない。民族的経験を分ちあうために入りこんでいるのが私の実体だ。

私は久しく「詩は大衆に服務する」ということを、ナマのまま持ちまわつてた時機《ママ》[期]があつた。それがこつ[け]いなことには、「魂の技師」であるべきはずの自分が時がたつにつれて、「魂を呼びさまされる」べき大衆となんら変らない自分であることが浮び上がつてきたことだ。私は階級的に目ざめることの前に、民族的自覚をもつことの方が大事だとおもつた。「二」の作品のほとんどが戦斗的でないのは、こういうところから起因している。洪允杓は私の「自己変革のプロセス」を見せてくれないと云つているが、それはそうだろう。私[redacted][自]身今もつて昏迷のさ中にあるからだ。せめてものプロセスは、「二」から「一」へ移行してきた作品の系列であり、その中で私の視点が、日本語で作品を書いているところから対象が在日六〇万同胞の枠からはみ出し、意識的に日本の国民と結びつこうとしていることぐらいだろう。

ではこのことはいけないことだろうか?恐らくこのこと自体は間違いではないと思う。が、一つの不安がないでもない。それは、一民族詩人としての立場を堅持することよりも、世界人的視野で詩を書こうとすることの方が、ずつと苦痛が少いという事実についてだ。

私はまだ自己暴露らしきものをなしえないまま、とつくに与えられた紙数をオーバ《ママ》してしまつた。今更ながら自分の不勉強さに顔が赤らむ思いである。前述の女教師からの手紙をも少し引用させて頂いて、私の結論の再認識をするとしよう。

― 前略 ―学生時代始めて、学校の図書館に〝朝鮮はいま戦いのさ中にある〟（許南麒訳編の朝鮮詩集。筆者）を見つけた時の気もちは新鮮でした。でも、正直に云えば、新鮮さ以外の何物でもありませんでした。祖国に一切の記憶をもたない者にとつて、そこで行はれている戦いも、観念の上での知識をしか与えてくれませんでした。小説〝玄海灘〟を読んだ時、私は初めて書物がグーンと自分に近い場所に来たことをまず感じました。そして貴方の詩〝地平線〟を読んで、それが更に近くなつたことを、始めて私のなやみが反映されているものを発見した気が致しました。

「パンチヨツパリマル」ということが〝日本における民族教育のあり方とともに今後の課題としていきたい〟（〝地平線〟跋文。筆者）とおつしやることは、そつくり私の考えでもあつたからです。いわんや、それが〝文学〟ではどのようになつていくものか知りたいと思つています。（傍点筆者）― 後略 ―

私の昏迷がまだ理論的には究められてないにしても、私の作品の場がこのような世代的悩みを離れて成り立ちえないものであることだけはたしかのようだ。それも他の手段ではなしに、〝文学〟という方法を通じての斗い、つまりこのような世代的な苦悩を切りひらきうるのは、私の場合〝詩〟でしかなく、「この詩と斗いうるのは、また斗わねばならないのは、詩である。詩だけである」といつたマヤコフスキーの主張に帰着する。

付記　はじめのつもりは、村井平七氏のエッセイにまで発展させるつもりだつたのですが、書くうちに余裕がなくなつてしまつてとうとう触れずじまいに終つてしまいました。またの機会もそうありそうに思えませんので、エッセイを寄せて下さつたことへのお礼と、かいつまんだ私の感想を二、三付記しておきたいと思います。

鳥かん図的作品構造の設置についての御指摘を感謝をもつて率直に受入れるものであります。ただ作品〝富士〟の解明については私たちとの立場の相違を如実に痛感させられました。あの場合の〝富士〟が金日成もしくは金時鐘であっていいはずがなく、あれはどこまでも日本人自身なのです。私たち朝鮮人との有機的な結びつきを〝富士〟に託しました。それからホセ・オルテガの技術論はさておいても、〝〔「〕詩が伝達の手段ではなくて、読者の前に何よりも巨大な困惑を投げ出す作業」という御説には、ある一面性を認めながらも、真向から反対です。私の場合それでいてなお、詩は伝達の手段だということでした。盲〔妄〕言多謝。

（『ヂンダレ』一六号／一九五六年八月）

盲と蛇の押問答
——意識の定型化と詩を中心に——

金時鐘

私は今、ある一つの遺書をひもどこう《ママ》としている。それは必ずしも、死んだ人のものに限つた性質のものではない。書く必要には駆られていないがらも、未だしたためずにいるブランクの文章だ。誰かが封を切つたとき、その人は私ほどには驚かないかも知れないが、こいつの量感は充分私をそそのかして余りある。ずしつとくるのだ。

遠方へ逃げ延びてまで、自からの生命を葬らねばならなかつたうら若い青年の「吹田事件」のもつ一端の重さででもあろう。デッチ上げた事件に、おめ〳〵と手をこまぬ〔ね〕いていねばならないほど——いやそれほどの関心事でもあるまいが——私たちにまつわる過去の一端が、十四年の体刑となつて、生野事件の破〔被〕告たちにのしかかつている「愛国心」の重さなのかも知れない。

いずれにしても、手のひらを返すに似た民戦からの路線転換が、多くの「愛国的行為」を置きざりにして、新しい型の愛国心を求めすぎている。詩における自殺者がなぜ生じるかは、次の遺書によつて明かだ。

× × ×

私は日本語で詩を書いているということについて、久しく疑問を強いられてきました。それは多分に、〝詩を書く〟という具体的な行動以前の問題として、民族的なあり方の問題だつたようです。朝鮮人が日本語で詩を書くということが、とりもなおさず、その詩人の民族的な思想性の浅さだと指摘されやすいところから、私自身がいつの間にかそれを一つの定義として受けとるようになつていました。それで、私は努めて云〔言〕語の移植ということを試みてみましたが〝朝鮮の詩〟らしい詩は一向に書けませんでした。私の煩悶はここから始まつたと云つていいでしょう。なぜなら〝朝鮮人〟という総体的なものの中へ、一個人である私が自分というもののもつ特性を少しも加味しないまま、いきなり飛びついているからです。私はその前に、まずこういうべきでした。「私は在日という副詞をもつた朝鮮人です。」「私は、国語を意識的に期〔朝〕鮮語であると云い聞かされることによつて、朝鮮語が国語になつています〔。〕」私はそれにもまして、次の疑問を自分に発しておくべきだつたと思います。「私はなぜ詩を書いているのか?」と。このようなわずらわしい条件の中で「私はなぜ詩のために、それでもちびたエンピツにしがみついていねばならないのか?」と。

　私はこの順序を間違えたばつかりに、自分で自分がだん／＼抜き差しならなくなつてきました。詩を書くことによつておこる復〔副〕作用としての苦痛がいつのまにか陣痛にとつて変つてきたのです。私が詩を書くということに行きづまりをきたしたとしてもそれは当然でしょう。書けば、みなウソの詩であるか、または必要以上のみじめな詩になるか——のいずれ〔か〕だつたからです。

　栄光を捧げます
　新年の栄光を
　祖国の旗であり勝利であらせられる
　　われらの首領の前に!

のような詩は、私にとつては無感覚以上の嫌悪ですらあり、これ以上私は嘘にも同じような詩を書くことはできません。それどころか読みたくもないのです。試しにダイヤルをまわしてみて下さい。祖国の日本向け放送は、今日も同じ番組を繰返しているはずです。まずニュース解説があり、それを支持する熱誠者大会の白熱した録音風景が長々とおりこまれ、そしてやおら何曲かの歌曲が聞かされます。私にとつては、この何曲かの祖国の歌曲が必要なのですが、そう沢山は聞かせてくれません。まかりまちがつてダイヤルをまわしすぎようものなら、異状《ママ》なまでの強い波長でまつたく同じような主張を「韓国」から聞かされて戸まどつたりします。

隔絶した中で祖国を意識しようと努めている私にとつては、祖国の放送番組はまつたく一人合点というよりほかありません。少くとも日本向け放送にしては「在日」もしくは「日本人」というもののもつ特性をそれほど深く考慮してはいないようです。第一このような放送を誰がきいているのでしょう？　それはほとんどが革命意識のはつきりした特定の愛国者たちに限つているのではないでしょうか？　それが唯一の（もつとも手近かな）祖国に対する知識の供給源であり愛国心の温床であるとき、かれらが、私に魂の技士としての愛国詩を強要したとしてもそれは少しも不思議ではないのかも知れません。がそのことと私が詩を書くということとはまつたくもつて無縁のことだと云つていいはずでした。私の詩が大衆を啓蒙させられなかつただけでなく、祖国の詩ですら「在日」という読者大衆には、詩のもつ魅力の磨消にしか役立つてないと断定したところでそう大それた云分にはならないはずだからです。もし私がそこまで深刻がらないにしても〝魂の技士〟としての讃辞（それも大衆啓蒙のための）は少くとも私には重荷でありすぎます。作者自身が愛着をおぼえない作品にどうして大衆の啓蒙向上が図れるでしょうか？　皆さんにも覚えがあるでしよう。大衆集会における十人の弁士が一人の云分しか云わずに終ることを！　それも沢山の時間を費してです。例えば私たちの自主学校における児童劇の現状です。

主人公たちは少年でありながら内容はもう少年ではありません。そこには余りにも立派な共和国幹部の意見が幅をきかします。ささいなことに驚異を感じ、喜び悲しむ少年の夢はからつきし姿を消してしまうのです。話は少し古くなりますが祖国復興資金カンパ運動にまつわる一つのエピソードを、私はどうしても書き遺す必要を感じます。私が師事していたある日本の先生が当時こういうことを話してくれました。アベノのターミナルで、朝鮮の少年たちによる祖国復興資金カンパ隊に出会つたときの話です。その訴えに対してご自分は何がしのカンパをなさつたそうですが、連れの先生らは〝あれでは大人なみだね〟と云つて苦笑しておつたそうです。〝米軍の野じゆう的侵略によつて、わが美わしき祖国は灰燼に帰しました。祖国の兄弟たちは、寒い冬を前にして路頭に迷つているのであります。日本の皆様、どうか私たちの祖国復興三ヶ年計画に御協力下さい〃調のスローガンを、わが人民教師たちは真顔になつて教えていたのでしよう。〃その訴えが少年のもつ言葉であつたなら、もつと成果があつたかも知れないね〃と、その日本の先生がもらした感懐を、私は未だに忘れることができないでいます。詩がもつとも真実であらねばならないとき、私はこの態のスローガンを振りかざせなくなつた自分が、いくぶんかわいくさえなつてきました。この少年たちの訴えは、即、児童劇の内容であり、ひいては私たちの生活意識につながる、物の見方の一定型ではないでしようか？

私の手許に〃新しい朝鮮〃十一月号があります。これは平壌の外国文出版社が出している日本人を対象にした最近の雑誌ですが、こゝに二篇の詩が載つてあります。

一つは〃十月の朝にうたえる〃（金友哲作）という作品であり、あとの一つは〃語れよ！〃（金東友作）という（〃原爆の図〃展覧会場で）とサブタイトルのついた作品です。〃十月の朝にうたえる〃は、題名の示すとおり、世界で初めての社会主義国家が成立したロシア十月革命をたゝえてうたつた詩でありますが、念のために全文を記しておきます。

人類のあたらしい紀元をひらいた
偉大な十月の　このあした
愛する友へ手紙を書こう。
ネバの流れは　こゝより幾万里
十月にあらたにうまれたきようだいの
その顔々が目近かに迫つてくる。

われらの解放のうたげに祝福をおくつてきた
かがやく栄光の十月のその日よ！
あげ潮に乗り靄をかき分けみなかみへ
われの少年時代へとさかのぼれば

国じゆうは監獄のようにくらくつめたく
太刀風の窓辺に吼える夕べなどは
貧苦にいたづいて病む母に
一碗の粥すらあげられない
冷え切つた部屋で

……粟でなくてもせめて酒滓を
もらつて来られたら　どんなにか……

こう念じながら妹とともに
工場への道を見守つては
父の帰りを待つていた。

苦しみにみちた年月はながれ去り
敵どもをうつ　たたかいの日に
われら共に生活の法則を　おそわつたとき
われらの眼と眼
心臓ごとに秘めた十月の旗を
ついに敵どもはうばいとれなかつたのだ。
銃剣のおどかしと
刑務所の高い塀をもつてしても
革命の波濤をさえぎることはできなかつたのだ。

この旗をうけついだ同志たちよ
忘れるな！鉄窓に絡むながい夜を
われらの信念をはげまし
拷問台のまえでも　キゼンと
まなじりを決して敵への憎悪にもえたことを。

綾羅島をめぐり万景台にいたる
ひたに流れる自由の河よ！大同江よ！

十月の歌でそだつたお前の詩人が
今日は雄壮なお前の丘辺で
この幸福なわれらの時代をうたうのだ。

お前によりわれらの機台はまことに
二四時間休む間なく歌いつづけ
国営農場と協同組合の田野では
トラクターにコンパ《〔バ〕》インがやすみなく走るのだ。

十月の子らの
あつい心のむすばれるところ
十月のシンフオニイの　ひろがり　まさるところ
われらの勝利の　旗は
高くたかくひるがえるのだ。

（安地浪訳）

社会主義国家をめざす祖国の詩人が、このような主題を選んだのは、むしろ当然でしよう。私はここで、とりたてて詩作品のもつ形式の新旧を論じたいとは思いませんが、それにしても十年一様の、「無形の定型詩」にはうんざりさせられます。社会主義リアリズムが問題視されているといわれる祖国で、このような絶叫調の観念詩が存続されている理由もさることながら、それにしても、『起して受けて、ひねつて結ぶ』といつた定型詩の定石が尊ばれる所以ががまんなりません。この詩でもおわかりのように、その作品には必ず私たちの過去――歴史――がうたわれねばならず、そして斗争と勝利で結ばれねば、まるで「詩」にならないかのようです。これはただ「詩」だけに限られたことではなく、私たちの生活意識にまで幅をきかしている一つの定型性だと思います。結婚式の祝辞に、日帝の三六年から始まつて、国内外の情勢報告でおわる民族的志向の経路が、私には「詩の定型性」と無縁のものとは思わないのです。こういうことが標準尺度であるとき、在日朝鮮青年のもつ世代的な悩みなど、詩としては程遠いテーマにしかすぎないのでしょう。その個人の内部はどうあれ、「祖国万才」を叫んでいる限り安全なのです。

　あとの作品をもう少し続けさせて下さい。〝語れよ！〟の最終節は次のようなものでした。

　　語れよ！アメリカの悪鬼どもに
　　君たちが死ぬとき　云えずじまいの
　　原子弾のバク音すらも　かき消せなかつた
　　そのいかりの言葉を！　呪いの言葉を！

　これが果して、日本人を対象にした雑誌としての内容にふさわしい詩でしょうか？　〝アメリカの悪鬼ども〟とは、作者が云切る言葉なのではなくて、読む人をして、そう叫ばしむべき質の決定的を〔な〕イメージであるはずです。恐らく日本の風潮は、このような詩に一片の感動すら示さないでしょう。が、私たちの定型性からゆくと、こう云切らねば詩にならず、感動を呼び起さないことになつているのです。だから日本語を常用している連中は、言葉の切かえに浮身をやつすべきですし、私のように自己を律しきれないものは、満腔の自信をもつて大衆を指導できるまで筆を折るべきなのです。

　では、私の傷だらけな詩よ、さようなら！

×　×　×

　私はこの遺書の中の〝私〟と、どう織色《ママ》していいのか多分にわからなくなつてきた。私の書いた遺書を、私が読んで、私が解明しようということは、甚だ念の入つた反復作用だと笑われそうだが、遺書を書いたことよりも、初めて封を切つたものとして、私はこの遺書のすべてに責任をもつのだ。第一に、詩の戦列からの離脱者たちを（私をも含めた）私は極力防がねばならない。第二に、私はこのような要因に対して、少くとも代弁はしておく必要がある。さらにくだいていうと、定型性の風潮は、私たちの作品にどのように影響しているかを知ることだ。そして、感動の質と作品とは、どのようにして読者へ結びついているかを知つておく必要——とはいかないにしても、知ろうとする努力はなされるべきだ。以上が私に背負わされた責任の大要のように思われるが、私は私なりにこの二点について答えてみたいと思う。

はじめに、私は順序を逆にして感動の質と、作品と読者——から考えてみる。

私がいつも気にしていることの一つに、〝共感〟というものがある。例えば流行歌と詩との関連だ。現今の流行歌の氾濫は、その量的な比重において、とうてい詩の太刀打できるところではない。だが、詩を書いているものとして、一がいに流行歌をけなせないのはそれが立派に〝共感〟というものの支えに基ばんをおいて成立つているということである。

流行歌は思考力を抜きにしてさえ、うたう人は充分その気分に浸りうる。それにオクタープの変化のなさも、却つてうたい易いという点に効用があるのだろう。まるで茶ガユのように、いくらでもすすれるようになつている。それが胃拡張をきたし、胃、食道ガンの大きい要因になつていると指摘したところでその〝共感〟は容易にくつがえせる性質のものではもちろんない。こう考えてみると『大衆のために解り易い詩を書く』ということには、大きな問題がありそうだ。ただ与えるだけでいいのだろうか？〝魂の技士〟をふりかざしつつ、裏をかえしたところで〝共感〟を当てこんだ詩の賭博師はいないか？ただ単に、共感イコール感動だけが詩を評価する基準であるなら、デイラン・トーマスの放送劇と「君の名は」とが聴取者に与えた感動量についての比較は、風呂屋を空にした「君の名は」に軍配が上がるだろう。ここで問題なのは、共感の「量」ではなく、共感の「質」である。ここで当然むつかしい詩とやさしい詩の関連が提議されそうだが、その以前の問題としてどのような作品を書くにしても、読者の共感に立ち入る「作者の位置」が明確化されねばならないと思う。

ヂンダレで最近たゝかわされている話題の一つに、「朝鮮的なテーマを採り上げると、作品の質が低下する」という問題がある。T君は、これを日本的風土の中で育つた朝鮮青年のもつ劣等感だと云つているが、端的ではあるにせよ、当をえた答弁だと思う。では、この「劣等感」は、「意識の定型化」とどのように結びつく問題なのだろうか?

とんびと貧しい兄妹

今日も欠食だ
孝一と妹の順子は
うすぐらい廊下の隅に立ち
暗い顔をして
下駄箱をけつている。
孝一の右足がぽつくりとけると
順子の左足がぽくりとける。

見つけたのは孝一だ。
ものすごい!
あんなに高いとこや
孝一がしもやけの手でゆびさした。
順子がふりあおぐと
黒い鳥がゆつくりと動いている。
兄ちやんあれはとんびだね。
うん。とんびだ。
一羽きりで淋しくないの。
淋しくないだろう。
あんなに高いんだから朝鮮まで飛べるね。
そりや飛べるさ。
見つめる孝一の眼がきらつと光る。
見つめる順子の頬が赤い。

これはヂンダレ十五号に発表された権敬沢の作品であるが、つきつめて読むと〝共感〟の残骸だけが眼につく作品の一典形といえよう。予め用意しておいた結論へもつてゆくためのストーリーにすぎないのだ。私にはこの「貧しい兄弟」が、祖国を感じとることによつて困難に打ち克つ経路など、常識的にすぎてあんぐりものだが、読者にはある程度の〝共感〟を呼びおこすべき材料をそろえているだけに、警戒せずにはいられない。こゝには注文通りの「愛国心」がある。「孝一」と「順子」の英雄性もさることながら、こういう欠食児童を主題にした「作者」の目——実はこの「目」が問題なのだが——「民族性」も上々である。だからこれは「大衆の詩」だ、と評価していいものだろうか？　私は敢えてこの作品のからくりを論ぜずにはいられない。

この作品には、第一「作者」自身が居ないと断定していい。〝欠食〟〝暗い顔〟〝しもやけの手〟と「貧しい」条件をそろえていながらも、タイトルになお「……貧しい兄妹」ともつてきた御念さは、決して不用意さばかりのせいではない。〝うすぐらい廊下で暗い顔をしている〟兄妹と〝しもやけの手〟が見分けられる位置に「作者」の目があるにもかかわらず、欠食児童に対する「作者＝先生」の動き——衝動——が少しでも介在しているのだろうか？　いや始めからの意図として、介入できるはずがなかつたのだ。その「欠食児童」の中へ「作者」が入りこめば、そのとたんに「貧しい兄妹」らの「愛国的行為」は中断されてしまうことだろう。そのためには、「眺められる位置」だけが作者の場であり、子供たちに人形しばいを続けさせるためには、それだけの「距離」が必要なわけだ。それにしては、悲しいかな、作者の目は余りにも細部を知りすぎている！　ここにこの作品のもつ矛盾　—作者の位置と事象の距離—　がある。

私が意地悪なまでに、この作品をつきつめた理由は、この作品に限らず、在日同胞の一般的風潮として、成績主義的根性の慢《[蔓]》延が鼻もちならないからだ。こういう風潮の延長は、ヂンダレ前号（十七号）の〝春〟と〝朝〟を読めばいい。ふんだんの事象を使つているにもかゝか《[わ]》らす《[ず]》、実感としての感動が湧かないのは、その事象の中にはつきりとした作者の位置がないからだ。なけなしの肯定面だけに終始せず、私たちの心情の中に一ぱい巣くつている否定面は、なぜ詩にならないのだろう?児童の問題にしたつて、私たちの自主学校に来ている何十倍もの児童が「日本学校」に放置されている筈だ。なぜその子らは「朝鮮学校」へ来たがらないのだろう?なぜその親たちは「朝鮮学校」へ行かしたがらないのだろう?日本語で詩を書いている朝鮮人と、こういう事態とはどういう関係にあるのだろう。国語が使えきれない罪ほろぼしに、いい面だけを見て上げるのか?それとも日本的風潮の多いヂンダレの諸君には、その権利がないとでもいうのだろうか?

紙数がつきた。〝むづかしい詩とやさしい詩〟にも、何行かをついやしたかつたのだが、またの機会にするとしよう。
最後にくりかえして云う。詩を書くということと、愛国詩を書くということとは、まつたくもつて関係がない。日本語の詩を書くからといつて、国語の詩に気がねをする必要は少しもない。「在日」という特殊性は、祖国とはおのずから違つた創作上の方法論が、ここらへんで新しく提起されてこなくてはならないと思う。

見るからに強そうな
鉄仮面よ。
かぶとを脱げ！
そして陽に当れ！
そして色素をとりもどせ！

（『ヂンダレ』第一八号／一九五七年七月）

第二世文学論——若き朝鮮詩人の痛み

金時鐘

私は率直に云つて、祖国朝鮮の文学——特に詩について系統だつたものをもつていない。現在の位置で目にふれるいくつかの、それも非常に断片的な何冊かのアンソロジーによつて、祖国の詩を推察している程度のものである。いわば手探りの知識である。目先のきかないものにとつて、この触感ほどたしかなものはないだろう。いかに示された大道でも、自己の体得したものでなければ信用はできないのだ。いや信用はできても不安が消えさらないのだ。この不安とは何か？
去年、私たちの詩集団〝ヂンダレ〟では、私たちの内部の暗部に巣くつているこの〝不安〟についてある程度の発言をしてきた。祖国が二分されているという苦痛もさることながら、海の向こうに存在している祖国が、余りにも労せずして私たち在日同胞と結びついている状態、厳密にいうならそう思いこまれている状態が〝不安〟なのだ。その懐疑のないこと、まるで白痴的な健康さである。少くとも〝流民〟という谷間で生れ育つた私たち若い世代、「祖国」は父母を介してしかまさぐることができず、その「色」も「臭い」も「響き」もしなびた垢まみれの「父母」を通してしか感じえない習性をもつてしまつた私たちにとつて、こうも谷間の世代を素通りして〝祖国〟と結びつかされてしまつては、私たちはいつまでも海のこちらの祖国の落し児でしかないだろう。私たちはこうして手探りの論理を身につけてしまつた。はつきり云つて亡命者の論理についてゆけないのだ。自己の寄つて立つているこの基ばんから、この手でまさぐりうるものだけが頼りだ。

○

ここに一冊の詩集がある。在日朝鮮文学会の代表的詩人、許南麒、姜　舜、南時雨の三氏によつて編まれた〝祖国に捧げるうた〟という朝鮮語版の詩集であるが、この三人詩集を祖国の朝鮮作家同盟では大いに評価するとともに、去年、その再版を発刊して労に応えた。私も自己と祖国のかかわりあいをたしかめる上で、この三人詩集に対する祖国の評価には多大の関心を払つたものだが、その結果は期せずして失望以外の何物でもなかつた。詩集の内容を評価するのに作品のもつ形象、典型の問題をつきつめることなく、テーマが社会主義的でさえあれば、その政治的効用性だけを力説して終る評価基準には、祖国の文学が志向して止まないという社会主義リアリズムのかけらすら認めることができなかつた。これは不幸なことである。去年「ヂンダレ」が在日同胞内部の問題として、定型化してゆく意識の〝不安〟さについて発言をしたとき、こぞつて「ヂンダレ」内部の「主体性」の軟弱さを指摘したのは、ほかでもなく在日朝鮮文学会の指導的立場にあるこの人たちであつたわけだが、自から朝鮮文学の正統派をもつて任じるこの人たちの「主体性」がどのていどの「主体性」であるかは、この三人詩集の内容が自然主義的方法をもつて一貫しているという事実でこと足りるだろう。だが今年一月三十日号の〝文学新聞〟（朝鮮作家同盟中央委員会機関紙）は最大限の讃辞をもつてこれを迎え入れている。もつとも趙壁［碧］岩氏個人の読後感というかたちになつてはいるが、その評価基準が個人的でないことはもちろんである。趙氏はここで、在日同胞の祖国に対する尽きない思慕と敵に対して激しく燃えたたせている憎悪と憤激の結実した不屈の意志が正にこの〝祖国に捧げるうた〟であると評価しつつ、「ここに収録されている許南麒、姜　舜、南時雨の各詩篇は、社会主義的愛国主義の高い公民的パポ《ママ》スを生活肯定と革命的楽天性の中で、抒情的に見せてくれることによつてわれらの心琴を鳴らしている。この高い社会主義的愛国主義的パポ《ママ》スは、統一祖国の明るい黎明をもたらす朝鮮民主主義人民共和国に対する限りない思慕と愛と忠誠心をもつて一貫していると同時に、祖国の南半部を踏みにじつている仇敵米帝とその走狗李承晩徒党を暴露糾弾する強力な憎悪をもつて貫ぬかれている」と書評の冒頭で規定している。

　ここで私はある二つの重要なことを知つた。私はこの最大限の評価から海外同胞への政治的配慮の加味された分をとりのぞくとしても、なおかつ過大であることの裏には祖国における文学の実態がどのような方法論によつて支えられているかをうかがいえたし、もう一つはこのような評価を受入れる側の問題として当然当惑を感じる層と、正反対に金花[科]玉条としておし頂く層があることとの質的な違いの糾明であつた。趙氏は引続き三詩人の個々の作品を引用しつつ、最後にこの詩人たちの独得な個性は「具体的な生活での典型的形象を通して在日同胞六十万」の「斗争の姿と彼らの高尚なる精神世界をわれわれに生々しく伝えてくれる点でこの詩集の意義は格別大きい。」と結んでいる、が、果してこれほどの効用性をこの詩集は果しているのだろうか？　もし評者のいうとおりの効用性が祖国において発揮されているとすれば、祖国における文学理論——社会主義リアリズムはよほど愚昧なものでしかなく、日本の民主主義文学運動がすでに精[清]算した素朴リアリズムの段階にすらまだほど遠い地点にある証左だとさえいえよう。

　では何故、祖国における評価基準がこの程度のものであり、こうも見えすいた評価を後生大事にもつてまわつているのであろう。思うにこれは作家同盟の指導的な文学理論が芸術の形象論を欠いているために、世界観とリアリズムの関係を明らかにすることができず、海外在留の同胞——それも悪い経済的基ばんと、政治的無権利状態にある——に対する思いやりが、芸術形象における方法論を混同して、科学的でなしに、至つて情感的なところで在日作家、詩人との交流がなされているからであり、それを裏返したところの地点が、祖国のその思いやりにおもねている在日作家、詩人——主体性を確立したと自負している人たちの——文字通りの「主体性」である。というのは、自己の実践的活動や過去からの歴史的な背景を一切おしかくし、自分の作品をリアリズムの立場で書くだろう。従つてそれはエンゲルスのリアリズムやソ同盟の社会的リアリズムの精神に一致するだろうなどと約束し、自己の亡命者的背景からくるノスタルジーを綿々と吐露することによつて、民族性ならびに愛国的志向性を「主体性」という殺し文句で代用している。ベリンスキーも云つているように「文学のなかの民族性とは民族の人相の刻印であり、現代では文学は時代精神の結果として存在する」以上、よそおいされた民族の色彩などさほど重要でないばかりか、かんじんの形象の典型がノスタルジーで差配されているこれらの文学が社会主義リアリズムに縁遠いだけではなく、このノスタルジーの詠嘆を「社会主義的愛国主義の高い公民的パポス《ママ》を生活肯定と革命的楽天性」の中で汲みとつているという、祖国の余りにも今日的で、余りにも現実的でありすぎる文学をも唯物論的文学とすることはできないし、現実的文学イコール、今日のリアリズムという公式はとうてい成立たない算術である。

○

趙壁〔碧〕岩氏の書評が載つている同じ文学新聞に、奇しくもテーマを同じうする許南麒氏の三年前の作品と今年初期の作品が出ている。前者は〝祖国に捧げるうた〟の中のトップに収められている〝年頭所感〟であり、後者は日本で出ている〝朝鮮民報〟という新聞から転載された〝洛東江〟という詩作品であるが、いずれも年頭の詩であるというところに興味がある。その大意を伝えるために敢えてまずい訳を記しておこう。

年頭所感

今年には
鉄でできた　甲冑を
ぼくは
着るだろう
いかなる風波　いかなる颱風にも
びくとも　しない
千斤の重みが
稲妻の敏捷さを
一身に合わせもつ
そのように　がん丈な
甲冑を
胸に　つけるだろう

いかなる困難　いかなる逆境に
おかれても
目ばたき一つ　するでなく

常に　敵を　追い求め
十歩　先に立ち
祖国と　人民が　呼んでいる道へ
ためらいなく　進み出る
そのような　信念に　満[ち]みた
甲冑を
心に　着るだろう

四十五万の　都市に
四十五万トンの爆弾が　なだれ落ち
土地という　土地　山という　山
どこという　見境いなく
爆弾をぶちこみ　爆弾を
落とせる　ところなら
三尺四方に　三、四個ずつをふりまいたという
いつの世の　どの国の戦争にも
見ることのできなかつた　熾烈な戦斗の中ででも
一寸の土地　一つぶの米すら
奪われることなく
ゆうゆうと斗い守つた
祖国の　兄弟たちと
同じ日　同じところに
共に　座り
祖国を共に守り
共に　斗かつたという　喜こびを
共に頒ちあうことの　できる
そのような自己になるための
甲冑を　ぼくは着るだろう
今年には
生鉄でできた　甲冑を
ぼくは
全身に
つけるだろう

洛東江

ぼくは　今
お前の　その　暗い
水脈を
胸の奥に　描いている

洛東江よ
ぼくらは　今　輝やかしい新年を迎え
歓喜を　盃に注ぎ

友らと　頒ち合う　この祝福された　瞬間にあつ
　てでも
お前を　思い浮かべるということは
お前が　ぼくの故郷の江（かわ）であり
ぼくが二十に近い　年ごろまで
お前の波音を子守唄と聞いた　その昔の　回想か
　らだけではなく

お前の　その　青ぐろい　流れ
お前の　その　のたうつ憤怒
自分の土地　自分の水であることがわかりきつて
　いるにもかかわらず
なま身のまま　とらえられ
空の果の　岸までも　主人もちのものでなくては
　ならないという
その　こらえようのない屈辱の日を過ごして

今こそ確実に　取戻したし　今度こそ　またと再
　び奪われまい　と
鉄石のように信じた　その土地を
こまぎれにして呑みほそうとする

凶悪な盗賊が　またもはびこり

わが国土の　多くの江が
金波を浮かべて流れている　今日
お前だけは　以前《〔依然〕》として　血の涙を浮かべ
お前だけは　以前《〔依然〕》として　恨みだけを叫んでいな
　《〔て〕》くはならないという
この胸痛い事実を
一刻たりとも　ぼくは　忘れることができないか
　らだ
洛東江よ　長い歳月を経て　なお
くらやみに　むせび泣いている　お前

今日　この燦爛たる朝においてすら
血のにじんだ南の方の土地
長い長い　百三十里の道を
洗いつつ　流れる江よ

お前　身ふるわせて　叫べ
お前　暗い南方の空に
雲を呼び　いかづちを呼びさませよ
そして　南朝鮮の峡地ごとに積つている

数多い恨みを　集め
洛東江よ
怒濤を打て、押し流せ、打ちのめせ、けとばせ
六、七月の梅雨期の　そのときのように
堤みを切つて全てをさらえ

わが故郷の　江
長い日々を　耐えしのんで生きねばならない
南方の嶺南の江　洛東江よ

ぼくは　今日　この地で
新しい年を　迎えつつ
お前のその　暗い姿を思い浮かべては
胸つまりつつ　友と盃を　交わしている

断わるまでもなく、いかにもまずい訳だ。だが大意だけは忠実に伝えたつもりである。許南麒氏が日本語の作品を書いて久しいと思つていたら、ちゃんとこういうところで棲息していた。それも「生鉄〔こ〕と私は訳したが、原詩の〃ムソェ〃にもつとも近い言葉は〃鋳鉄〃である）の甲冑」を身につけて、これなら彼の姿はますます貧乏ゆるぎもしないことであろう。いや、ちよつとやそつとでは身うごきすらとれないだろう。彼の強さはまさに鋳鉄の甲冑だ。請合つたつていい。まつたくもつて古典的価値がある。博物館に安置すべきだ。

だが朝鮮語で塗り直した日本語のダンピングが、どれほどもつか？　少なくとも〃日本〃ではやらないだろう。朝鮮の国立博物館の方が値がいいにきまつている。引合はざつと次の通り。「許南麒はこのように自己の決意を固めながら、祖国の雄々しい息吹きに歩調を合わす美しい理念をかん明な詩的色彩と音調とをもつて歌い上げている」と。この〃かん明な詩的色彩と音調〃をもつて一世を風靡した彼の詩的情感が、まだ広く交流の場をもつていない祖国で再ブームを湧かすだろうことは想像にが〔か〕たくないが、それにしても何故祖国は日本でのお古ばかりを頂いていねばならないのか?!　この「甲冑」がどの程度役に立つものであるかは、武装三年後の〃洛東江〃によつて証明済みだろう。この古武士然とした風格は、整備された祖国——朝鮮民主主義人民共和国の国では節度ある慇懃な立振舞いを見せるが、一たび未開の領域に入つてゆくと、梅雨期の堰を切つた〃洛東江〃のように、荒れ狂い、押し流し、打

ちのめして総てをさらいつくしてしまう。少なくともそのような気がいをもつている。だが待て。民衆の側に立つべき主体性のあるわが詩人たちよ、この洪水で「押し流され、打ちのめされ、けとばされ」るのは、他でもない洛東江流域の貧しい、傷だらけのわが同胞だ。典型という問題を正真「社会主義リアリズム」の基ばんで形象してゆきたいのなら、この至つて、かん単な、自明の理を何故やりすごしているのか?主体性のある詩というのは、けだし素材が朝鮮的であり、色彩が朝鮮的であり、それをつなぐ用語が「朝鮮語」であればこと足るのか? 戦後の日本における民主主義詩運動に多大な功績を残している許南麒氏が、「十歩先に立つ」[と]ところか、三十歩も後へ下がつた地点で何故こうも〃祖国〃と〃自己〃を観念的なものにしていつているのだろう。問題は彼個人に止どまらない。ある意味でなら、祖国におけるリアリズムの忠実な伝承者がこの「三人詩集」だ。即ちこのような目かくしされた手法の[を]受け入れる要素が現に在日同胞の意識の中には充満している。趙三竜の言を借りれば、「……詩はいつまでも私たちの内部に今までに形成された意識と感性のワクのまわりを思考スタイルが指示するコースに従つてくるくるまわつていなければならず、私たちの意識と感性は停滞状態[を]つづけねばならなくなるのです。そうなると詩など私たちには存在しなければならない必要性が流行歌ぐらいもないといえます。事実、現在私たちの詩は大多数の大衆にとつては『ノドル江辺』『アプカンムル・フルロフルロ』という朝鮮の二十余年前の流行歌以下のものでしかないのです。何かの大会があつて、熱烈な愛国的そして革命的演説がなされた後、余興に出てくるのがわが自主学校のいたいけな女の児の唄うこれらの歌であり、また何とか文化祭に出てくるのが、やはりこれらの歌であります。それらの歌に大多数の大衆は拍手喝采し、主催者はその盛会ぶりにほくそ笑むということは、しよつちゆう見られる、やりきれない光景であります。このような光景がつづくかぎり、またそういう光景にほくそ笑む主催者たちが、その光景の愚劣さに気付き改めようとしないかぎり、私たちの詩が、たとえ朝鮮語で書いたにしろ、わが在日朝鮮人の文化的財産になることはないと断言しても過言ではありません。」(ヂンダレ十九号「定型化された意識と詩について」より) このように根深い在日同胞のもつ郷愁——古い世代の——をそのまま

「詩」に注入してはばからないこの「三人詩集」は、彼らが朝鮮における文学の正当〔統〕な伝承者をもつて任じているだけに私の〝不安〟はますますつのるばかりだ。三人詩集の評者は「具体的な生活の中での典型的形象を通して」これらの詩は「在日六十万同胞を祖国に対する忠誠と愛の思想をもつて教養させ激れいしている」と重ねて云つているが、この詩集のどこに具体的なリアリティーがあるのだろう? 高尚な愛の思想をもつて教養しているつもりのものが、実は手垢のついた、自己の何十年来の亡命意識からくるノスタルジーであることに気づくのはいつか!

与えられたスペースがも少しあれば、もつと多くの作品を具体的に作者別に解明して、その共通した特質を祖国朝鮮における作品群と対比させていきたかつたのだが、許南麒氏の二篇に止まつてしまつた。ここで私は、いきおい結論めいたものを出さねばならない破目に立つたわけだが、一口でいうなら日本における私たち若い朝鮮詩人の方法論的命題は、今〔未〕だかつて返り見られたことのない私たちの世代的谷間に光りを当てることと、その谷間に充満している亡命意識のノスタルジーの排除にある。そして私は意を強くして次のことを叫ぶものである。「新芽のような二世文学よ起れ!」

(『現代詩』/一九五八年六月)

朝鮮人が日本語で詩を書いてる〔い〕ことについて——「ヂンダレ」創作上の問題

鄭仁

ヂンダレ(大阪朝鮮詩人集団機関誌)もバックナンバー十五号をかぞえるに至った。ここまで来るのに三年と五ヶ月を要した。この私たちにとっては、永い期間を通じて、いろいろなことを経験し学んで来た。経営の問題や、読者との有機的な結びつき、そしていかにして優れた作品を創造するかについて。その他サークルに附随した全てのことについて。これらのことはなにも私たちのサークルだけに固有のものではなく、日本のいたる所に散在する全ての文学サークルが等しく経験していることに違いない。唯優れた作品を創造するということについては、私たちの場合、他の日本のサークルとは若干違うのではないだろうかと考える。

私は私自身のサークルに於ける創作経験をもとにして、ヂンダレの底流をなす問題についてふれて見たいと思う。

昨年の十二月に、私たちの仲間の一人である金時鐘が詩集「地平線」を発行し、大きな反響を呼んだ。とりわけ日本の若い世代に好評を博した。ヂンダレ十五号で、金時瞳〔鐘〕研究を組んだが、その後で、洪允杓は詩集「地平線」について、流民の記憶を問題にした。私はここで、流民の記憶を単に詩集「地平線」にだけ限らず、私をも含んだヂンダレの創作上の問題として、私なりに流民的なものを考えていきたい。洪允杓はそのエッセイの中で、流民の記憶を朝鮮の哀調の韻と結びつけて、日本帝国主義に支配されていた時代の朝鮮人の精神的状況を指しているのだが、それを今日にそのまま移入することは、かならずしも正しいものといえない。今日に於ける在日朝鮮人の精神的状況は、日本帝国主義時代に於ける流民の記憶とははっきり異質のものである。すでに私たちの意識にかかわりなく恢復された祖国が存在している。それにもかかわらず洪允杓が最初に提起した命題は、こんご継続させなければならない。つまり理念としては祖国はもっているにもかかわらず、生理化された実体としては感知出来ない精神状況（文字通り流民的なもの）の根源をさぐり、それを克服していく過程をぬきにしては私たちの創作はあり得ない。過去の流民の記憶が、祖国を実体として受けとめ得ないのではなく、その精神的根源は、日本の状況に於ける私たちの心に巣喰っている所の日本人的情緒であり、資本主義的な感性である。私たちの幼少時代は朝鮮人である父母の影響のもとで成長した。しかし私たちの精神形成に最も重要であった時期、学生生活を通じ、その後に於ける社会生活の中で、日本人の心理を体得させられて来た。むしろ生活の必要から体得して来たのかも知れない。私たちの孤立した反抗は、私たちの精神的コンプレックスをカムフラジュする以外のなにものでもなかった。こうした状況の中で、私たちの〔は〕完全に民族文化の伝統を喪失したのだ。それでもなお私たちは朝鮮人である。完全なる朝鮮民族の一員でありたいと願っている。そして日本語で詩を書いて来たし、書いている。ではその日本語に於ける私たちの詩的現実はどうだろうか？　十五号を重ねる中で、もはや生活をひきうつく〔衍〕したような、素朴な感情吐露の詩では満足し切れなくなった。にもかかわらず、私たちの詩的主題はどれほど深められたのだろうか？ 反戦平和を希求し、それを詩的主題として歌って来た。それはそれなりに正しい。だが反戦平和をどのような主体的立場で歌って来たのか？ 朝鮮民族の主体性を基礎として歌って来たのだろうか？ むしろ朝鮮人でもなく日本人でもない一人の善なる人間として歌って来たといった方が妥当のようだ。勿論私たちの特殊性はあるだろうが、それはあくまで特殊性であって、主体性とはおのずから異る。「在日朝鮮人の生活を単に一つの文学的素材としてしかあつかっていない……」（解放新聞六月九日付）という指摘は、私たちに内包するコスモポリタン的なものと関連して非常に重要な意味をもっている。こうした所に今日に於ける流民的なものの本質があり、ヂンダレの創作上の最も基本的な課題がある。私たちの詩の発想は全部が日本語であるし、日本語によってイメージが構築される。その上はっきりと朝鮮人であることを自覚した場合、非常に作品が書きづらくなる。これは私だけのことかも知れない。

私たちが継承している文学は朝鮮固有の文学ではなく、日本文学であり、日本の近代詩以降の諸成果である。この日本文学の流れの中で、私たちはどのような主体的変革をなし得るだろうか？ 理念的な祖国をどのように生理的な祖国にし得ようか？ 全くの所私の場合暗中模索といった所だ。それでもなお日本語で詩を書いている。むしろ現代日本文学の中に、一つの位置をしめたいとさえ思っているし、そのために努力もしている。このことはかならずしも間違っているとは思わない。日本語による創作活動をやるためには、当然日本の現代文学を知らなければならないし、日本の文学史的な流れを理解しなければならなくなる。日本で生まれ、日本で育った私の場合、そして文学をしている私の場合、一つの義務であるとさえ思っている。私は全ての問題をこのことに依って解消しようと思っていないし、朝鮮人である主体性を日本文学の中に埋没させてしまいたいとも考えていない。むしろ完全なる主体性の恢復をこそ指向し、それなくしては、日本文学を朝鮮人の立場からの成果として受けとめることが出来なくなる。

私たちは今、完全なる民族の一員でありたいために、伝統的な民族文化を理解したいために、国語の勉強をしている。まさに奇妙な一年生だ。伝統を継承するためには、理解するだけではなく、体得していかなければならない。このことをぬきにして本当の意味での文学的な主体性など確立されようがないし、流民的なものを一掃し得ないと思う。国語を言葉としての符諜ですら、全くでたらめな私の場合、いかにして国語を歴史的に捉え、一個の物質として捉え得ようか？　時として絶望的でさえある。私たちが朝鮮文学に立ち帰るためには、どうにでもやりとげなければならない。非常に苦しいことに違いないが。

　あまりにも普遍的なことがらを、あまりにも一般的に書いて来たようだが、私の切実な問題として、こんごとも実践的に深めていきたいと考えている。テーマの問題やその他いろいろなことを考えているのだが、意をつくせなくて残念だ。

　最後にこの小文はヂンダレを代表し得る発言ではなく、あくまでも私個人のものであることを御了承下さい。

（『樹木と果実』／一九五六年九月）

海底から見える太陽——日本の中の朝鮮

梁石日

在日朝鮮人の主体性を云々することは非常に複雑きわまりない。朝鮮が二分されているという事情もさることながら、現実に自己の主体をどこに置くかは幾重にもだぶついている生活条件のため、きわめて握把《ママ》しにくいのだ。主体性とは民族性なのか世界観なのか、あるいは在日朝鮮人としての自覚なのか、おそらくは、これらを融合抽出した総体的なイデオロギーのことであるにちがいない。

　ところで、大前提としての主体性は理解され成立しても、細分化された精神秩序において、はなはだ分裂し矛盾をきたすのがつねである。こうして外部と内部の統一、または折衷がおこなわれるが、問題の原点が次第に平坦な地面、涯しない荒野のようになってしまう。そして帰国問題にぼくらの主体の焦点をあわせることは重要であるが、そのことによって、他の現実的な内部矛盾をカムフラージュしてしまうのは、危険だといわねばならない。

　朝鮮民主主義人民共和国への帰国が実現したこと

は、歴史的必然であり、在日朝鮮人の勝利の一頁であるとしても、その勝利の渦の中へ自己の諸々の内部矛盾を解消してしまうことは、むしろ非主体的であると思う。問題は、ぼくらにとつては理念であるところの朝鮮民主主義人民共和国へ帰国する以前に、そこへ融合しようとする多様な思考のパターンを、相互に理解し接収しあうことである。もしそのような必要性なしとするならば、主体性云々も無意味であろう。すくなくとも芸術を創造するものにとつて、これらの摩擦を回避しようとすることは卑屈である。そこでぼくがこれから、一つの問題を提起しようと思つている。

ぼくらの芸術への情熱が新しい実験を要求し、新しい祖国の伝統の核細胞になろうとして、過去の朝鮮民族の悲劇的諸要素に訣別したとしても、それを非民族的であるとすることはできない。在日朝鮮人の、とりわけぼくらの世代が、その生の最初から過去と断絶したところに存在していたとすれば、ぼくらが朝鮮を語るときと、三十五、六から四十代以上の世代が朝鮮を語る場合とおのずからちがうのは、生の原初的な相異なのである。そしてぼくらが彼らの表情に、廃墟から発掘されたデスマスク的妄執を見たとしても、いたしかたのないことである。彼らは朝鮮の土の匂いや空の色、朝鮮の風土の独特なムードを知つている。

「国破れて山河あり」というが、いかにみじめな朝鮮でも、むしろみじめであり哀れであればあるほど、ちようど不具の子が他の子供以上にいとおしく思うのと同じく、胸につまされるのだ。それらは白昼夢のように彼らの脳裡に去来する。だが、在日朝鮮人の内部にとつては、それらはもつとも安易に逃避できる場所となつている。在日朝鮮人にとつて現実はつねに苛酷だつた。それ故、彼らはいきおい父母の国、遠い因果の歴史をもつ負の世界の幻影を夢みるのだつた。それらは沙漠の地平にぼんやり浮ぶ蜃気楼に似て、涸渇したものには美しい実在の宮殿に見えた。亡びてしまつて久しいにもかかわらず、その不在のイメージは瞳の裏に焼きついて離れないのだ。朝鮮民族の伝統的な叡智とは何か？　ぼくらの母や姉の口からもれてくる逸話や語り草の、儒教精神に支えられた無情の倫理観が、じよじよに彼らの額に刻まれ、宿命的な運命に抗しようもなく終るのだ。ぼくらの周辺を見まわすと、これらの尨大な無知が連綿として尾を引いている。いま、新しい革命と祖国の母胎が彼らの対岸に実在している。そこへ合流しようとして、なおかつ既成の民族という因果律に還元させられる自己をいかんともしがたいのだ。そこに彼らの悲劇がある。

　ぼくらには故郷がない。いわゆる因果の微分方程式として見ることのできる地点がない。ぼくらの体内にはまぎれもない朝鮮民族の血が流れているが、父母の歴史を宿命的に内在した生ではない。「俺の種族が、もし朝鮮に見つかつたなら……」ぼくらは強烈な自己否定から出発する。なぜなら、彼らは現実の試練に耐えかねると、つねに父母のふところへ身をゆだねられたが、故郷をもたないぼくらは、その試錬〔練〕の前に立たねばならなかつた。ぼくらは沙漠で蜃気楼を見る幻視さえもたない苛酷な存在なのだ。ぼくらに残された唯一の方法は、新しい祖国を過去の一切の因果律から絶縁したところで創造することである。ぼくらが嫡子でないとしても、子宮から産れてきたことに間違いはない。そして純粋な祖国を求めて、ぼくらの青春を賭けた苦悩の陣痛から産れた芸術の深度は、金時鐘の「種族検定」や鄭仁の「うまずめ」という作品に定着されている。

角をまがることで
俺〔彼〕と彼〔俺〕との関係は決定的なものとなつた。
ふた停留所も先に
バスを捨てたのも
カギ型にひんまがる
この角度の硬度が知りたかつたためだ。
異様なまでのねじつこい目が
はがね以上の強靭さで
元の直線にはねかえつたとき
俺はしずかに歩をとめ
まず右手からおもむろに四肢獣になつていつた。
きやつが犬であるためには
それ以上の牙を俺はもたねばならぬ。
少なくとも犬にしてやられる人間でないことの証
　左に
俺は何かをしでかさねばならぬ。
よし、こいつを俺のカスバへ誘いこもう！
それに俺はこのところずつと空腹だし
第一日本へ来てまで追いつめられる青春にはもう
　こりごりだ。
（…………中略）

だから俺の進歩と逃亡とはいつもシャムの双生児
だ。
どつちかを切り離すことが
どつちかも死ぬことになる。
そうだ。
奴がおそいかかる至近点から
同時に俺もあそこへ飛びこみやいい！
俺の半生がそうであつたように
俺の余生もきつとこうだろう。
（……………後略）

「種族検定」

逃亡から絶望へ、絶望から苛酷へ、苛酷から攻撃の精神はゆるぎないものとなる。いく多の陣痛の結果、自己否定と自己信頼の摩擦は結晶する。強烈な自己否定は、同時に自己信頼の反映でもあるのだ。窮乏の果て、屈辱の果て、無力感の果てから湧き起こつてくる一種の執念のごときヴィジョンが、あらゆるものを超越して、いわばすべての数理が存在するゼロの状態になる。そのときぼくらは、透明なまでにはつきりと、未来の映像を見ることができる。自己自身に対して偽りなき未来、すべての民衆の根底の真実の流れ、あのピラミッドの三角形の秘密を。在日同胞の悲劇の犠牲となつたもろもろの生命体が、ぼくらのエネルギーの核としてよみがえつてくる。ぼくはどうしても確かめねばならない。君とぼくとの相対性は等価値であるのか。ゼロの焦点から在日同胞の極限を見つめているか。無機的な一つの法則性と組織原則だけによる人間関係が革命体を構成しているとすれば、その中で機械的にふりまわされる共産主義イデオロギーによつて、君とぼくとの有機的な相対性は等価値を失つてしまう。いまこそ民族の新しい意味づけと、非ルネッサンス的人間性の復活が必要である。ぼくらの肉体の苦悩が一つの法則性であり、それらの連体［帯］意識が組織であるところの原則が。現代の一典型として、ぼくらは日本の非望と絶望を噛みしめねばならない。

昨日まで、非常に苦痛の種であつた日本語の駆使、日本語によつて詩を書くという主体に少なからぬ不安があつた。けれどもそれは取越苦労というものだつた。複雑な感情のフィルターを通過して、ようやく単純な結論を得ることができた。ぼくは日本に存続する限り日本語を駆使するだろう。日本語をますます研澄ますだろう。なぜなら、ぼくにとつて日本語は、攻撃と防禦の最大の武器だからである。日本語で形象化された民族イデオロギーは、朝鮮民族の内面に肉迫することが不可能であるか？　言語とは、そのように絶対的な規範をもつものであるのか？　それは非弁証法的だ。言語もまた、ぼくらの現実と内面にしたがつて、あらゆる造形の可能性をもたねばならない。ぼくの現実的な根源から湧き起こつてくるイデーを、ヘレチックなものとして疎外してはならない。ぼくに故郷がなければこそ、故郷をもつもの以上に切実な欲求となつて自己をかきたてるのだ。大きな抱擁力の中へ、自らの特殊性を帰納しようと[し]て詩を書いているのだ。

　ぼくはかなり主観的なことを云つてるかもしれない。しかし偽らざる心情が主観的であるときめつけることもできまい。自己に忠実であることが、この際最低の主体性なのだ。かつての誤ちに対する悔恨と自虐が、いまだにぼくらの青春の傷痕として残つている。これは相互責任であるかもしれない。ぼくらが自己にどれだけ忠実であつたかという意味で。ぼくは地下水のように、祖国の大地の底を流れようと思う。オートマチックな手法でもなければ、抽象芸術のもつ分析でもなく、これらの精神のリアリティを、ぼくの体質的な思考にまで高めることだ。アヴァンギャルドはぼくの望むところだ。日本の現代詩運動がアヴァンギャルドと社会主義リアリズムの統一を試[術]しみようとしている実験の中へ、ぼくは過去の因果律と断絶した、きわめて孤立的な自己を放りこむことに躊躇しない。そしてまた、在日朝鮮文学芸術家同盟の組織細胞ともなる。これらは決して矛盾するものではないと考える。世界のあらゆるところから、理念としての社会主義リアリズムを志向できるといつたのはアラゴンだ。ぼくの微力な陰性が、陽性の磁場に向つてひきつけられていくのを感じる。そしてぼくは、ぼくらの世代の高鳴る心臓の中へ入つていく。祖国への熱狂的な憧憬と、凄じいエネルギーのるつぼの真空の眼の中へ溶けこんでいく。そこでぼくはエリューアールと同じ夢を見る。

いそいで歩く夢を見た
チロルの道を
時にはいよいよいそぐために
四つんばいで歩いていた
わが掌のひらは固かつた
あの地方のそ[よそ]よおいの

美しい農家の娘が
すれちがい
しずかな仕ぐさで挨拶した
そして私は牢屋に着いた
窓にはリボンを結んでいた
扉は大きくひらかれて
牢屋は空つぽ
私はそこに住みこめた
自由に出たり入つたりして
私はそこで働けた
私はそこで幸福になれた
下には　うまやのなかで
リボンを着けた黒い馬が
私のたのしみを待つていた

「一九四三年九月二一日の夢」
（『現代詩』／一九六〇年五月）

1953年

2月7日 建軍節前夜、当時金時鐘が暮らしていた中西朝鮮小学校（金時鐘はこの学校の教師で五年生の担任だった）で、朝鮮詩人集団（『ヂンダレ』第四号より大阪朝鮮詩人集団）結成式。参加者は、金時鐘・韓羅・権敬沢・李述三・宋益俊・朴実・洪宗根（以上、洪宗根「大阪・詩人集団「ヂンダレ」の一年」〔『朝鮮評論』第九号、一九五四年八月〕による）。ただし実際は結成式というほど大げさなものではなく、肺炎で寝込んでいる金時鐘のもとをこれらの人々が訪れたということであったらしい。『ヂンダレ』第一号の割付は病床で金時鐘がやり、ガリ切りはその枕元で朴実が三日がかりでやったという。

2月16日 『ヂンダレ』第一号発行（編集兼発行人金時鐘、「建軍節特集」）。

3月31日 『ヂンダレ』第二号発行（編集兼発行人金時鐘）。

4月 金時鐘、中西朝鮮小学校から配置転換。民戦の職業常任として大阪朝鮮文化総会を組織することになり、その書記長として一年余りのあいだに五〇余りの文化サークルをつくったという。

4月16日 四月詩話会（第二号合評と研究発表、於中西朝鮮小学校内진달래編集所）。以下、合評会・研究会等については、誌面から確認できるもののみ記した。したがって、網羅的ではない。

6月8日 朝鮮詩人集団第一回総会。『ヂンダレ』は「会員三十名を数えるまでにな」り、「どこまでも魂の技士としての私達、大衆運動の工作者としての私達」であることを確認しあった（第三号「編集后記」）。

6月22日 『ヂンダレ』第三号発行（編集兼発行人金時鐘、「生活の歌特集」）。

6月27日 第三号合評会（於東中川朝鮮小学校）。

《7月27日 朝鮮戦争休戦協定調印》

9月5日 『ヂンダレ』第四号発行（編集兼発行人金時鐘）。
9月11日 研究会（於在日朝鮮体育協会内詩人集団事務所）。
9月18日 第四号合評会（同前）。
12月1日 『ヂンダレ』第五号発行（編集兼発行人金時鐘）。
12月頃 金時鐘と鄭仁が知りあう。

1954年

1月 大阪朝鮮詩人集団第二回総会。有名無実の会員を整理して会員数二二名（前掲洪宗根「大阪・詩人集団「ヂンダレ」の一年」）。
2月8日 大阪朝鮮文化総会主催文化祭開催、金時鐘「人民軍讃歌」朗読、劇「朝は夜を経てくる」（脚本金時鐘、演出胡一明・洪宗根）など（第六号白佑勝「あたふた文化祭」）。
2月中頃 金時鐘、猪飼野の生野厚生診療所に入院（〜一九五六年夏）。
2月28日 『ヂンダレ』第六号発行（編集兼発行人金時鐘）。
3月26日 『ヂンダレ通信』第一号発行。
4月3日 月例会（於洪宗根宅）。
4月17日 研究会（於金千里宅、テーマ「レトリックについて」、報告金時鐘）。
4月30日 『ヂンダレ』第七号発行（編集兼発行人金時鐘）。鄭仁の作品初出。
6月30日 『ヂンダレ』第八号発行（編集責任者金時鐘・発行責任者洪宗根、発行所は鄭仁宅、「水爆特集」）。毎週土曜日午後七時から舎利寺朝鮮小学校で小野十三郎『現代詩手帖』（創元社、一九五三年）をテキストとして研究会を開催する旨の通知を掲載。この研究会のチューターは、鄭仁がつとめた。
10月1日 『ヂンダレ』第九号発行（発行責任者洪宗根・編集責任者朴実）。毎週木曜日午後七時半から御幸森朝鮮小学校で国語研究会を開いている旨のお知らせを掲載。
10月10日 ひると夜の会（朝鮮人の会員もいた守口の詩サークル。機関誌『ひると夜』は一九五三年七月創刊）などと、「日朝青年の親善と交歓のために」ハイキングに行く（第九号「若者よ、こぞってハイキングえ」）。

12月25日　『ヂンダレ』第一〇号発行（発行責任者洪宗根・編集責任者鄭仁）。この号から鄭仁が編集責任者となる。
毎週月曜日午後七時から詩人集団事務所（鄭仁の自宅）で定例研究会を開催。

1955年

3月15日　『ヂンダレ』第一一号発行（編集責任者鄭仁・発行責任者洪宗根、「誕生二周年記念号」）。毎週火曜日午後七時から詩人集団事務所で定例研究会を開催。

3月21日　大阪朝鮮詩人集団誕生二周年記念「ヂンダレの夕べ」開催（於朝鮮人会館大ホール）。内容は「組詩（ヂンダレ二ヶ年の歩みより）・公開合評会（ヂンダレ第十一号）・余興（寸劇、合唱、フォークダンス等）」。

《5月24日、在日朝鮮統一民主戦線（民戦）、第六回臨時大会を開催して解散。翌二五―二六日、在日本朝鮮人総連合会（総連）結成大会。》

7月1日　『ヂンダレ』第一二号発行（編集責任者鄭仁・発行責任者朴実）。この号から定例研究会の告知消滅。

10月1日　『ヂンダレ』第一三号発行（編集責任者鄭仁・発行責任者朴実、「権敬沢作品特集」）。巻頭言は「国語を愛することから」。

10月14日　小野十三郎・秋山清・浜田知章とホルモン・パーティー。

12月10日　金時鐘第一詩集『地平線』（ヂンダレ発行所、序文小野十三郎）出版。

12月30日　『ヂンダレ』第一四号発行（編集責任者鄭仁・発行責任者朴実、「李静子作品特集」）。

1956年

2月19日　『地平線』出版記念会（於朝鮮人会館大ホール）。金時鐘は入院中の病院を抜け出して出席。

5月前半　入院中の金時鐘と知人の見舞にきた梁正雄（のちの梁石日）が生野厚生診療所で知りあう。

5月15日　『ヂンダレ』第一五号発行（発行代表者鄭仁、「金時鐘研究」）。洪允杓「流民の記憶について」掲載。この号よりタイプ孔版。技術的な理由により国語作品を別にまとめて季刊で発行するとされているが実現せず。「新会員紹介」欄に梁正雄の名前が見え作品も初出。

7月1日　金時鐘・鄭仁・洪允杓が小野十三郎を訪問（第一六号洪允杓「小野十三郎先生訪問記」）。

8月初旬　在日朝鮮文学会委員長南時雨を囲む座談会を大阪で開催（第一六号「編集後記」）。

8月20日　『ヂンダレ』第一六号発行（編集部洪允杓・金時鐘・趙三竜・金仁三、発行代表者鄭仁）。金時鐘「私の作品の場と「流民の記憶」掲載。

夏の終わり頃　金時鐘退院。

9月1日　鄭仁「朝鮮人が日本語で詩を書いていることについて」発表（『樹木と果実』第一巻第六号）。

1957年

2月6日　『ヂンダレ』第一七号発行（編集部洪允杓・金時鐘・趙三竜・金仁三、発行代表鄭仁）。この号より活版。鄭仁「合評ノート」には、「毎週開かれる合評会」云々とあり、公開合評会以外に会員による合評会が毎週開かれていたことがわかる。

3月9日　『ヂンダレ』第二回公開合評会（於大阪朝鮮人会館）。

4月　第四回定期総会で役員改選。代表責任者洪允杓、編集責任者梁正雄、編集部金仁三・金華奉・鄭仁、財政趙三竜（第一八号「お知らせ」）。鄭仁が代表責任者を退く（第一八号鄭仁「一年の集約」）。

7月5日　『ヂンダレ』第一八号発行（編集部梁正雄・金仁三・金華奉・鄭仁、発行代表洪允杓）。金時鐘「盲と蛇の押問答」掲載。

7月20日　『ヂンダレ』第三回公開合評会（於大阪朝鮮人会館）。

秋頃　金時鐘・鄭仁、高亨天と知りあう。

11月10日　『ヂンダレ』第一九号発行（編集部梁正雄・金仁三・金華奉、発行代表洪允杓）。

11月27日　『ヂンダレ』第四回公開合評会（於大阪朝鮮人会館）。このように予告されたが、実際には一二月に入ってから梁石日宅で開催されたらしい（第二〇号「ブランクの消息」）。

11月30日　金時鐘第二詩集『日本風土記』（国文社）出版。

2月　『日本風土記』出版記念会（於大阪郵政会館、第二〇号「ブランクの消息」）。

3月　『ながれ』（吹田のサークル詩誌。菊地道雄・倉橋健一ら）と交流合評会をもつ（第二〇号「ブランクの消息」）。

6月1日　金時鐘「第二世文学論」発表（『現代詩』第五巻第六号）。

7月　『ヂンダレ通信』発行（未発見）、鄭仁「オウムの世代」掲載。

1958年

8月2日・5日・7日 『朝鮮民報』に조벽암・윤세평・김순석「생활과 독단=재일 조선 문학회내 일부 시인들의 경향에 대하여=（生活と独断―在日朝鮮文学会内の一部の詩人たちの傾向について―）」掲載。朝鮮作家同盟機関紙『文学新聞』に掲載された同紙主筆趙碧岩らによる金時鐘批判の転載。

8月 在日朝鮮文学会中央常任委員（委員長許南麒）と朝鮮人会館で「座談」（第二〇号「ブランクの消息」）。実際は大阪の大衆の面前での金時鐘糾弾会であったという。

10月25日 『ヂンダレ』第二〇号発行（編集者梁石日、発行者鄭仁）。事務所を鄭仁宅から洪允杓宅に移転する旨の通知を掲載。

11月22日 『ヂンダレ』第五回公開合評会（於朝鮮人会館）。

1959年

2月 『ヂンダレ』解散（『カリオン』第一号「創刊にさいして」）。ただし実際には第二〇号発行の時点ですでに金時鐘、鄭仁、梁石日の三人だけになっていたという。

6月20日 『カリオン』第一号発行（代表金時鐘）。同人は金時鐘、鄭仁、梁石日の三人。

11月25日 『カリオン』第二号発行（代表金時鐘）、梁石日「方法以前の抒情」掲載。

《**12月14日** 第一次帰国船出港。》

1960年

5月1日 梁石日「海底から見える太陽」発表（『現代詩』第七巻第五号）。

8月30日 『詩学』第一五巻第九号「カリオン特集」。金時鐘「反逆者からの反逆へ」など掲載。

1961年

この頃 金時鐘、『日本風土記Ⅱ』の出版を計画するが、出版社に圧力がかかり頓挫、原稿も散逸。

1962年

11月2日 高亨天・鄭仁・梁石日、新潟の赤十字センターで取材。

2月7日 三年数ヶ月ぶりに『カリオン』第三号発行（発行代表者鄭仁）。『カリオン』もこの号で途絶。この号で

1963年	近刊予告された金時鐘・梁石日・鄭仁の詩集は、その後それぞれ一九七〇年（金時鐘『新潟』、構造社）・一九八〇年（梁石日『夢魔の彼方へ』、梨花書房）・一九八一年（鄭仁『感傷周波』、七月堂）に至ってやっと刊行されることになる。
1966年	**6月15日** 梁石日個人誌『原点』第一号発行。
1967年	**8月1日** 梁石日主宰『黄海』創刊号発行。

（年表作成：宇野田　尚哉）

おわりに

本書は、「ヂンダレ研究会」（代表・宇野田尚哉）が二〇〇九年五月二四日に開催したシンポジウム「いま『ヂンダレ』『カリオン』をどう読むか」の記録を中心としている。第Ⅱ部に『ヂンダレ』『カリオン』に登場する詩人たちにあらためて光をあてたエッセイないし論考、当日のシンポジウムの印象を踏まえた文章、さらに第Ⅲ部として、『ヂンダレ』『カリオン』に掲載されている代表作を収めるとともに、その内外の重要な評論・エッセイ、さらに年表などを収録している。

詩誌『ヂンダレ』『カリオン』はこれまで、詩人・金時鐘、作家・梁石日の初期を考えるうえで欠くことのできないサークル誌・同人誌として知られてきたが、現物を目にするのは容易ではなく、あくまで幻の詩誌にとどまっていた。それが、二〇〇八年一一月に不二出版より、梁石日の個人誌『原点』『黄海』とともに、復刻されたのである。

「ヂンダレ研究会」では、その復刻に先立って、『ヂンダレ』『カリオン』の全冊を共同で読むという作業を続けていた。宇野田尚哉が勤務先の神戸大学の図書館で『ヂンダレ』の数号を発見したのがきっかけだった。私たちは金時鐘さん、鄭仁さんに『ヂンダレ』『カリオン』のすべてを読みたいと伝えたが、その時点では金さん、鄭さんのもとにも揃っていなかった。そこで、金さん、鄭さんからお知り合いに声をかけていただき、また宇野田が各種の図書館、資料室で確認するなどして、ようやく私たちは全号を入手することができたのだった。

「ヂンダレ研究会」の第一回は、奇しくもシンポジウム開催のちょうど一年前、二〇〇八年五月二四日である。以来、二ヵ月に一回の割合で、毎回、『ヂンダレ』『カリオン』の数号を読みあうという形で進められた。もちろん、復刻版が刊行されてからは、それがテキストとなった。「ヂンダレ研究会」はとくに規約も持たないゆるやかな集まりだったが、主だったメンバーは以下のとおりである（肩書きは当時のものをふくむ）。

浅見洋子（大阪府立大学院生）
宇野善幸（立命館大学院生）
宇野田尚哉（神戸大学教員）
金友子（立命館大学客員研究員）
國重游（龍谷大学教員）
黒川伊織（神戸大学院生）
越水治（不二出版）
丁章（詩人）
玄善允（京阪神の諸大学講師）
細見和之（大阪府立大学教員）
梁明心（神戸大学院生）

毎回研究会では、歴史的・運動史的背景について宇野田が、主に金時鐘について浅見が、金時鐘以外の詩と評論・エッセイについて細見が報告する、という形で進められた。その間、会場の確保、コピーの手配などで宇野田が払った労力はまことに膨大だった。また、浅見が金時鐘の、現時点で入手可能な全詩作品と評論の一部をデータ入力している資料も役立った（本書、第Ⅲ部は、年表以外は、すべて浅見が入力したものである）。

研究会の場では、とくに玄善允の厳しい批判がつねに緊張感を与えていたが、それをシンポジウム、さらに今回の書籍化にあたって、生かすことはできていない。私たちの力量不足として反省するとともに、玄善允の『ヂンダレ』『カリオン』論を俟ちたい。

シンポジウムと今回の書籍化にあたっては、金時鐘ひとりに焦点をあてるのではなく、できるだけ多くの詩人を取り上げ、あくまで媒体としての『ヂンダレ』『カリオン』にこだわろうとした。どこまでそれが成功しているか。『ヂンダレ』『カリオン』が復刻される際には、宇野田と細見は復刻版別冊にそれぞれ解説を執筆している。本書とあわせてそちらも参照していただければ幸いである。

おりしも、金時鐘の新詩集『失くした季節――金時鐘四時詩集』が藤原書店から刊行された。サブタイトルにある「四時」とは四つの季節、四季のことである。詩集では夏からはじまって春で終わる形に、作品が四つのパートに組まれている。日本的な抒情にあらがうことを使命としてきた金時鐘が、八〇歳を超えて、いままさに「もうひとつの抒情」を奏でようとしているのだ。『ヂンダレ』『カリオン』の時代と遠く呼応するその途方もない重みに、私は深く胸を打たれる。

本書には、不二出版の復刻版から多くの作品、評論、エッセイ、資料を再録している。本書への収録を快諾してくださった不二出版、その仲介の労をとっていただくとともに、研究会にも毎回のように参加してくださった越水治さんに感謝したい。

シンポジウムが実現するうえで、また本書が刊行にいたるうえで、お世話になったひとは多い。とくに、シンポジウムで報告していただいた崔真碩さん、フロアーから発言していただいたうえ、本書への収録・校正に応じてくださった方々、シンポジウムの印象を踏まえて貴重な論考を寄せていただいた愛沢革さん、とりわけ『ヂンダレ』『カリオン』の当事者である金時鐘さん、鄭仁さん、お忙しいなか帯文を書いてくださった梁石日さんにあらためて感謝したい。

最後に、本書の単行本化にむけて尽力してくださった、人文書院編集部の井上裕美さんにお礼を申し上げたい。

細見　和之

二〇一〇年三月二〇日

社）など。

黒川伊織（くろかわ・いおり）
1974年生まれ。神戸大学大学院在学中。専攻は社会運動史・日本思想史。主な論文に、「安光泉と〈東洋無産階級提携〉論」（『在日朝鮮人史研究』36）、「日本共産党「22年綱領草案」問題再考」（『大原社会問題研究所雑誌』592）など。

浅見洋子（あさみ・ようこ）
1982年生まれ。大阪府立大学大学院在学中。専攻は日本近代文学。主な論文に、「金時鐘『長篇詩集　新潟』注釈の試み」（『論潮』創刊号）など。

愛沢革（あいざわ・かく）
1949年生まれ。詩人、翻訳家。『小林勝作品集』全５巻（白川書院）の編集に参与。訳書に、宋友恵『空と風と星の詩人　尹東柱評伝』（藤原書店）など。

米谷匡史（よねたに・まさふみ）
1967年生まれ。東京外国語大学大学院総合国際学研究院准教授。専攻は社会思想史・日本思想史。

高亨天（コ・ヒョンチョン）
1929年生まれ。元『カリオン』客員同人。

申知瑛（シン・ジヨン）
1977年生まれ。東京外国語大学外国人研究者。専攻は韓国の近代文学・思想。

國重游（くにしげ・ゆう）
1968年生まれ。龍谷大学経営学部准教授。専攻は現代オーストリア・東欧文学。

道場親信（みちば・ちかのぶ）
1967年生まれ。和光大学現代人間学部准教授。専攻は日本社会科学史・社会運動論。

桜井大造（さくらい・だいぞう）
1952年生まれ。70年代よりテント芝居にて全国を巡る。現在は「野戦《ヤセン》之《ノ》月《ツキ》海筆子《ハイビィーツ》」を主宰。台湾では「台湾海筆子」、北京では「北京テント小組」を基盤として活動。

著者略歴（執筆順・発言順）

宇野田尚哉（うのだ・しょうや）

1967年生まれ。神戸大学大学院国際文化学研究科准教授。専攻は日本思想史。主な論文に、「宗教意識と帝国意識」（『宗教から東アジアの近代を問う』ぺりかん社）、「戦後大阪の詩運動のなかの金時鐘」（『びーぐる』 4）など。『復刻版ヂンダレ・カリオン』（不二出版）の解説を執筆。

細見和之（ほそみ・かずゆき）

1962年生まれ。大阪府立大学人間社会学部教授。専攻はドイツ思想。詩人。主な著書に、『アイデンティティ／他者性』『言葉と記憶』（以上、岩波書店）、『「戦後」の思想―カントからハーバーマスへ』（白水社）など。詩集に、『言葉の岸』（思潮社）、『ホッチキス』（書肆山田）など。『復刻版ヂンダレ・カリオン』（不二出版）の解説を執筆。

丁章（チョン・ヂャン）

1968年生まれ。詩人。詩集に、『民族と人間とサラム』『マウムソリ―心の声』『闊歩する在日』（以上、新幹社）、エッセイ集に、『サラムの在りか』（新幹社）。

崔真碩（チェ・ジンソク）

1973年生まれ。広島大学大学院総合科学研究科准教授。専攻は朝鮮文学。翻訳者、文学者、テント芝居「野戦之月《ヤセンノツキ》海筆子《ハイビィーツ》」の役者。編訳書に、『李箱作品集成』（作品社）、主なエッセイに、「影の東アジア」（『残傷の音』岩波書店）、主な出演作に、『ヤポニア歌仔戯《オペレッタ》 棄民サルプリ』（野戦之月海筆子2009年秋公演）など。

鄭仁（チョン・イン）

1931年生まれ。詩人。『ヂンダレ』『カリオン』に参加。詩集に、『感傷周波』（七月堂）。

金時鐘（キム・シジョン）

1929年生まれ。詩人。『ヂンダレ』『カリオン』を主宰。集成詩集に、『原野の詩』（立風書房）、集成エッセイ集に、『在日のはざまで』（平凡社ライブラリー）。両著以後の著作としては、詩集に、『化石の夏』（海風社）、『失くした季節』（藤原書店）。訳詩集に『空と風と星と詩―尹東柱詩集』（もず工房）、『再訳朝鮮詩集』（岩波書店）。エッセイ集に、『草むらの時』（海風社）、『わが生と詩』（岩波書店）。そのほかに、金石範との対談『なぜ書きつづけてきたか　なぜ沈黙してきたか―済州島四・三事件の記憶と文学』（平凡

「在日」と50年代文化運動
――幻の詩誌『ヂンダレ』『カリオン』を読む

2010年5月20日　初版第1刷印刷
2010年5月30日　初版第1刷発行

編　者　ヂンダレ研究会

発行者　渡辺博史

発行所　人文書院
〒612-8447　京都市伏見区竹田西内畑町9
電話　075-603-1344　振替　01000-8-1103

印刷所　亜細亜印刷株式会社
製本所　坂井製本所

落丁・乱丁本は小社送料負担にてお取替えいたします。

ISBN978-4-409-24087-8　C1036

韓流百年の日本語文学

木村一信・崔在喆編

日韓合同企画。正岡子規から「冬のソナタ」まで、文化の交錯面としての文学を読む。日本近代文学が植民地韓国をみるまなざし、他者としての韓国表象とその裏返しである日本の自画像の様相、また韓流ドラマを通じて韓国からの逆照射をも映しだす。作品年表付。

二八〇〇円

表示価格(税抜)は2010年5月現在